平安文学でわかる恋の法則

高木和子 Takagi Kazuko

★——ちくまプリマー新書
168

イラスト　中野耕一

目次 ＊ Contents

はじめに……7

第一部　憧れの人にアプローチ……11

第一章　噂と垣間見から始まる恋……12
垣間見する男たち／垣間見の元祖は？／噂で期待し、現実に驚く／噂通りの変な女の子

第二章　文のやりとりから結婚へ……27
求愛の和歌は誰の歌？／お答えする姫君の作法／結婚の儀礼の手順／大切な結婚三日目

第三章　恋の和歌の作り方……42
四季を詠む和歌／『枕草子』への『古今集』の影響／恋の歌の作り方／恋の贈答歌の掛け合い

第二部　働く女たちと男たち……59

第四章　華麗なるキャリアウーマン……60

第五章　噂の渦の中で……75
女房勤めの魅力／清少納言の機転／女房の役割／女房としても失格か
事実無根の噂に苦しむ／時には情報操作も／後宮の壮絶な争い／桐壺帝の後宮
第六章　宮仕えと地方赴任の悲哀……88
男たちの多忙な家族経営／男たちのハードな毎日／出世には人脈が大事／転勤は都落ちか、出世へのパスポートか？／起死回生の復活劇

第三部　幸せな結婚を夢見て……103

第七章　かなわぬ恋の末路……104
女をかき抱いて逃げる男／和歌とストーリーの出会い／二人の男に愛される贅沢な不幸／貧しき者の切なる夢
第八章　別れても好きな人……120
家出した妻との再会／残酷な運命／愛の不条理／没落した夫との再会
第九章　夫婦の危機を乗り越える……134

浮気する男／高安の女とは？／離婚の方法／それでも愛は勝つ？

第四部　人生は波瀾万丈……149

第十章　天災は忘れた頃にやってくる……150
天災と信仰／信じる者は救われる？／荒ぶる物の怪と病／物の怪となる女の情念

第十一章　親と子との確執……167
母と子の愛憎の深さ／継母継子の仁義なき戦い／子供は財産／高貴な人の孤独

第十二章　老いらくの恋はいくつまで？……181
女が男を垣間見る／九十九髪の女は何歳か？／女の恋はいくつまで？／男の老いらくの恋

おわりに……197
古典文学史略年表……201　〔読書案内〕……205

はじめに

三十年前の教室の、ある初夏の蒸し暑い午後――。

S先生「高木さん、助動詞の〈ぬ〉の活用は？」

高木「えーっと、〈ぬ〉ですね。ね・ね・ぬ・ぬ……いや、ぬる・ぬれ・ねよ、ですか？」

S先生「それは動詞の〈寝《ぬ》〉の活用だ、君、寝てたのか？　助動詞の〈ぬ〉だよ」

高木「（マズイ、バレてる）えーっと、な・に・ぬ……ヌ、ヌヌ、ナヌ？……」

S先生「もういい、また来週当てるから。それじゃ、鈴木さん！」

鈴木「ハイ、な・に・ぬ・ぬる・ぬれ・ね、です！」

S先生「はい、よろしい。さすがだね」

高木「……（ああ、もうイヤ！　古文なんて大嫌い！）」

動詞や助動詞の活用を覚えて、品詞分解をして、敬語を覚えて、主語を見つけて……。覚えるのも厄介ですが、それ以上に、「なんでこんなこと、しなきゃならないんだろう」という疑問。だって日本語なんだし、古文だって言ったって、大体の意味はわかるのにナ……、と侮っているうちに、だんだん難しくなって、何がなんだかさっぱりわからなくなってしまう――、似たような経験のある方、いらっしゃいませんか？

そんな古文が苦手なあなたに、とっておきの克服の秘訣《ひけつ》をお伝えしましょう。

実は古典文学には、一種の法則があります。古典文学に見られるストーリー展開や、ものの考え方には、パターンがあるのです。ですから、いくつかのパターンを知ると、「ああ、これはあれと同類のお話だな」という具合に、ところどころ単語の意味がわからなくても、文章の大体の流れがつかめるようになるものなのです。

この本では、しばしば教科書に取り上げられる名場面を中心に、印象的なエピソードを数多く紹介しています。そして、古典文学、なかでも平安文学によく出てくるパターンをご披露しながら、当時の風俗や人々のものの考え方について説明しています。

高校で学ぶ古文は、平安文学を中心としていますから、その意味では高校の古文の授業、受験のための基礎教養を手軽に学べる入門書として、役立つこと請け合いです。ですから本当は、「平安文学に見える、恋や人生についての、物語や和歌の法則」についての本ですが、そこには、現代に通じる恋や人生も透けて見えるはずです。

この一冊には、私が大学で講義している、平安文学の初級の授業一年分くらいの内容が詰まっています。もっとも大学では古文の文章を大量に読みますが、ここではほとんど引用しませんでした。古文の文章はそれ自体とても面白く、本当はたくさん読んでほしいのですけれども、今回は遠慮しました。ですから、この本を読むには、助動詞の活用や敬語の知識はまったく不要です。

ただし、ところどころ、高校の教科書などで学ぶ以上に踏み込んだ解釈を示していますので、そのあたりは少し注意してください。また、私自身が新しい解釈を提案しているところも、いくつかあります。文学の読み方には、これが正解というものはありません。自由に解釈できる部分も、とても多いのです。現代の小説を読んで、登場人物の気持ちをあれこれ想像するのと同様に、古文を読んでも、いろんな読み方を模索することができます。高校の古文の授業ではなかなかできないことかもしれませんが、古典文学を読み物として楽しむことは、とても大切です。

文学として楽しめて、面白くなって、興味がわいてくれば、文法の活用の暗記も、随分やる気が違ってくるはずです。

古文が苦手でどこから取り組んでいいかわからない、と悩んでいる高校生のあなた、この本一冊で、きっと古文はあなたの得意科目になるでしょう！

恋に悩み疲れて普通の恋愛本では満足できず、こんなところまで辿《たど》り着いてしまったOLのあなた、恋や人生に悩んでいた千年前の人々の姿に触れて、ちょっとだけ癒されて、どうぞ明日も元気に出勤してください！

子供たちのお母さんやお父さん、お仕事を終えられた世代の皆さん、ああそういえば、昔こんな話、学校で読んだっけ、なんて懐かしんでみてください。そして、長い人生を経て、若い頃に読んだものとは全く違う姿に見えてくる物語のあれこれを、どうぞ今こそゆったりと、存分に味わってみてください。

第一部　憧れの人にアプローチ

末摘花《すえつむはな》（ベニバナ）

第一章　噂と垣間見から始まる恋

きよげなる大人《おとな》二人ばかり、さては童《わらは》べぞ出《い》で入り遊ぶ。中《なか》に、十《とを》ばかりやあらむと見えて、白き衣《きぬ》、山吹《やまぶき》などの萎《な》えたる着て走り来たる女子《をむなご》、あまた見えつる子どもに似るべうもあらず、いみじく生《お》ひ先《さき》見えてうつくしげなる容貌《かたち》なり。髪は扇《あふぎ》を広げたるやうにゆらゆらとして、顔はいと赤くすりなして立てり。（『源氏物語』若紫巻《わかむらさきのまき》）

きれいな大人の女房が二人ほど、それから女童《めのわらわ》が出入りして遊んでいる。その中に、十歳ほどであろうかと見えて、白い下着に山吹襲《やまぶきがさね》などの糊《のり》の落ちた表着《うわぎ》を着て、走って来た女の子は、たくさん見えた子供たちには似ても似つかず、はなはだ将来の成長ぶりが期待される様子で、かわいらしい顔立ちである。髪は扇を広げたようにゆらゆらとして、顔はまことに赤く手でこすった様子で立っている。

平安時代には、会ったこともない相手に恋をして結婚した、と言われます。現代に生きる私たちには、顔も見たことのない人と恋に落ちるなんてあり得ない話だ、とお思いですか。ところが昨今は案外、それに近い出会いもあるようです。

インターネットの掲示板やフェイスブックを通して知り合い、会ってみてお付き合いに発展したり、遠方の人と仕事のメールを何度もやりとりしながら親しくなったり、といったケースです。顔や声がなくても、やりとりする文面やその掛け合いの呼吸から、相手の人柄や趣味や教養まで想像がつくのでしょう。だとしますと、案外これは高尚な出会い方だな、という気もしてきます。

わからないことや見えないことがたくさんあると、人はすべての感覚を研ぎ澄まし、見えないものも見えるように、感性を鋭敏にするのでしょう。相手のことがおおかた分かってしまうと、心は醒《さ》めてしまう。恋とは、そんなものかも知れません。

垣間見する男たち

平安時代の姫君たちは、容易に男たちの前に姿を見せません。親や夫以外は、兄弟で

几帳・御簾（『絵入源氏物語』承応《しょうおう》三年版）

も異腹であれば几帳《きちょう》や御簾《みす》を隔てて対面しました。外出はめったにせず、祭りや物詣《ものもうで》くらいしか機会がありませんでした。ですから、男たちに見えるのはわずかに、姫君の装束の裾や袖口や、御簾を隔てた透き影でした。たまさかに何かの拍子で長い髪が見えたり、扇で隠した横顔が見えれば、幸運に心躍らせたものです。いきおい男たちは、目を凝らし、耳をそばだてて、御簾のうちの気配を感じ取ろうとしました。

姫君当人はもちろん、お仕えする女房たちが動くたびに、装束はさやさやと音を立てます。その衣擦《きぬず》れの音が、品よく慎ましやかか、わざとがましいか、あるいは、姫君の奏《かな》でる琴の音がどの程度のものか、焚《た》き染める香《こう》の薫《かお》りが優美かどうか……、もろもろの雰囲気から姫君の品定めをしたのです。さぞ豊かな想像力が鍛えられたことでしょう。

ですから、男たちが何よりもまず望んだのは、「垣間見《かいまみ》」です。現代は、近所のきれいなお姉さんをのぞき見なんぞしていますと、警察に通報されてしまいます。しかし平安時代の物語では、男女の出会いといえば、まずは垣間見なのでした。

『源氏物語』若紫巻《わかむらさきのまき》には、光源氏が幼い少女を垣間見する場面があります。山に遅い桜の咲く頃、病気の治療のために北山に出かけた光源氏が、治療も一段落したので、ぶらぶらと散歩に出ますと、こぎれいな家があります。垣根の隙間から、従者の惟光《これみつ》と一緒にそっとのぞいてみますと、可愛らしい少女がいるではありませんか。雀《すずめ》の子を籠に入れて飼っていたのに、召使の女の子が逃がしたといって泣いては、お祖母さんにお説教をされています。その様子を見ながら、光源氏は、心ひそかに思いを寄せている憧れの人に面差《おもざ》しが似ている、というので感動の涙にくれるのです……。

これは古文の教科書には必ずといっていいほど採用されている、有名な場面です。私もこの場面を高校生の時に授業で習いましたが、しかし、実はあまり面白いと思いませんでした。『源氏物語』にはもっと色っぽい場面もあれば、ハラハラドキドキする場面もあって、かなり読み応《ごた》えがあるのですが、私は品詞分解を重ねながら、すっかり退屈になってしまいました。

そもそもこの垣間見の場面は、同じ若紫巻に描かれている光源氏と藤壺《ふじつぼ》との密通の場面と併《あわ》せて読まないと、よくわからないはずのものなのです。父桐壺《きりつぼてい》帝の寵愛《ちょうあい》する妃《きさき》であり光源氏の継母《ままはは》にあたる、藤壺へのどうにもならない憧れが、この少女を垣間見た時の光源氏の感動を支えているからです。その少女は藤壺の姪《めい》にあたる女の子でした。憧れても思いがかなう事のない藤壺の代わりに、光源氏が生涯の妻とする紫《むらさき》の上《うえ》を見つけるのだ、というところが肝心なのですが、長い長い『源氏物語』のあらすじを知らないと、なぜ大事な場面なのか、さっぱり分からないのです。

それではなぜこの場面が教科書に採られているのでしょうか。確かに『源氏物語』の中では比較的文章がわかりやすく、初級の古文の教材としてふさわしい、という実際的な利点もあるでしょう。加えて、古来しばしば絵画化された著名な場面だったから、という事情もあるはずです。

しかし理由はそれだけではありません。突き詰めれば、これが垣間見の場面だからなのでしょう。垣間見の場面とは、当時の物語に必ず見受けられる、男女の出会いの始まりの、典型的な場面なのです。

古典文学をある程度読んでいると、似た話、似た設定の物語にしばしば遭遇します。あれ、これ前に読んだことなかったっけ？　という気持ちにさせられるのです。それは古典文学が、似た話を好んで繰り返したからです。著作権などという発想がなかった時代、面白いもの、優れたものは、どんどん自分の作品に勝手に取り込んでいこうとしました。個性がなかったわけではありませんが、一定の型に寄り添いながら、微細な個性を競い合う文化だった、といってもよいでしょう。

垣間見（『源氏物語画帖』「若紫巻」土佐光吉・長次郎筆）

こうした古典文学の抱え持つ法則を知っている

と、他の物語を読む時にも応用が利きます。たとえば入試の時に、読んだことのない物語と向き合っても、余裕をもって取り組むことができるはずです。

垣間見の元祖は?

若紫巻の垣間見の物語に先立って、大変有名だった垣間見の物語といえば、やはり『伊勢物語《いせものがたり》』初段です。『伊勢物語』は、在原業平《ありわらのなりひら》という実在の人物をモデルにした、約一二五段におよぶ恋の短編集です。その最初の小話である初段は、「昔、男、初冠《うひかうぶり》して」という有名な書き出しで始まります。「初冠」とは元服のことです。男が元服して旧都である奈良の春日《かすが》の里を訪れますと、ひなびた土地には珍しく、美しい「女はらから」がいます。これを垣間見てすっかり心を奪われ、そのますぐに、着ていた装束である狩衣《かりぎぬ》の裾を切って「春日野《かすがの》の若紫《わかむらさき》のすり衣《ごろも》しのぶの乱れ限り知られず」、春日野の若い紫草のような美しいお二人にめぐりあって、私は信夫摺《しのぶず》りの模様のように、思い乱れていますす、という和歌を書きつけて贈った、という話です。ここではただ垣間見るだけではなく、即座に和歌を贈って求愛の気持ちを伝える、という筋立てになっています。

一般には「女はらから」は姉妹二人のことだとされています。姉妹のいずれに贈ったのか、姉妹がどのように返歌をしたのか、といった細部は、『伊勢物語』には描かれていません。『古事記』などに姉妹を一緒に娶《めと》る話がありますが、同類の話なのでしょうか。そうだとも特定できないままにさまざまな解釈を生み、なかには「女はらから」は男の実の姉妹に当たる人物だ、という解釈まで提案されています。それにはやや無理があるにしても、光源氏が恋しい人の血縁の少女に思いを移していくという展開は、「女はらから」を垣間見る物語と、どことなく通じるところがありますね。

それを目的にして出かけたというのではなく、たまたま出かけた少々ひなびた場所で、ふと垣間見をしたところ、思いがけず素敵な女性がいて、その女性に求愛をする――、これが、『源氏物語』が『伊勢物語』から汲《く》み取った展開だったのでしょう。そして、『伊勢物語』初段の男の歌の言葉、「若紫」を発想の源として、『源氏物語』若紫巻は作られたのではないでしょうか。こうして、垣間見から始まる素敵な恋、という展開が、その後の物語において定番になったに相違ないのです。

噂で期待し、現実に驚く

それでは、実際のところ、当時の男性はいつも垣間見によって女性と巡り合っていたのでしょうか。私にはいささか疑わしく思えます。貴族たちの結婚は、家と家の間に結ばれる、いわば契約であったからです。垣間見は、素敵な女性と偶然に出会う機会、というよりは、噂に聞いた女性が、はたしてどのくらい魅力的なのかを確かめる方法だった、といった方がよいのではないでしょうか。どの家も、自分の家の姫君の魅力は三割四割増しに誇張して宣伝するのが当たり前ですから、垣間見によって実像を知りたいという思いは強かったはずです。それでも噂に聞いた姫君を垣間見して、その魅力に惹《ひ》かれ、思いを募らせて結婚に到ることができるのであれば、男女の双方にとって充分に理想的なシナリオだったことでしょう。ともすると実際に相手に会ってから、「しまった、騙《だま》された」と地団太を踏むのが現実だったのではないでしょうか。

垣間見から始まる恋、というのは、ロマンティックな物語の典型として、『伊勢物語』初段や『源氏物語』若紫巻で描かれるけれども、そうした出会い方は物語の中で作り上げられた幻想で、噂に聞いた女性をなんとか垣間見して実像を確かめようとする、というのが、現実的な気がします。

そんな具合ですから、垣間見すればいつも素敵な女性に出会える、という物語ばかりでは、いかにも絵空事だろうと読者も納得しなくなったのでしょう。逆に、垣間見はしたものの予想外の女性であった、という、「落ち」を狙ったパターンも出てきます。

有名なのは、『源氏物語』の末摘花《すえつむはな》の物語です。

光源氏は、常陸宮《ひたちのみや》の忘れ形見だという姫君のことを女房から聞きつけて、宮家のお嬢さまならば、さぞかし教養ある奥ゆかしい姫君だろうな、と興味をそそられます。噂を聞きつけて関心を抱いた姫君に文《ふみ》を贈る――、平安時代の物語にはよく見られる展開です。光源氏の耳に入れた女房は大輔命婦《たいふのみょうぶ》といって、光源氏のもとにも常陸宮のもとにも出入りしていた女でした。複数の家に出入りして物や情報を運ぶのも、女房の仕事のうちだったのです。大輔命婦が光源氏に常陸宮の姫君の話をしたのも、単なる世間話や思い付きではなく、おそらくは姫君が零落することを恐れて、わざと企んでのことだったのでしょう。

光源氏は大輔命婦にその気にさせられて、垣間見に出かけたところ、大輔命婦がここぞとばかりに姫君に琴を弾かせて光源氏に気をもたせ、それもぼろが出ない程度の思わせぶりなところで演奏を止めさせる、といった周到さです。ですからこの折は、姫君の容貌などは見ることができませんでした。ここが勘所ですね。ついに光源氏は、相手の姫君の顔も知らないまま、何度も求愛の文を贈り、その返事ももらえないままに、大輔命婦の手引きで対面し、そのまま関係を持ってしまいます。とはいえ様子がおかしいと感じて落胆し、関心をなくしかけていましたが、久しぶりに訪れた冬の雪の日の朝、その姫君の容貌をまざまざと見てしまうのでした。

垣間見の場面の特徴は、それが、垣間見る男の眼を通して描写されるところにあります。相手の女性に惹かれていく男の目線に近いところにカメラを据えて描写するために、臨場感たっぷりになるのです。先の若紫巻では、少女の姿がいかに可愛らしく、魅力的で、そして藤壺に似ているか、読者がまるで光源氏その人になったかの錯覚を覚えるように描かれていたのです。

さてこの常陸宮の姫君は、光源氏の生涯に関わった中で、もっとも不細工な女性でした。座高が高く、鼻は普賢菩薩《ふげんぼさつ》の乗り物、つまり象の鼻のように長く、しかも先は赤かった、肌の色は雪も恥ずかしがるほど白く、面長で痩《や》せて、おでこが広く、ただ髪だけがすばらしく美しかった。装束は古びて色も剝《は》げ落ちており、上には男物の黒貂《くろてん》の皮の衣の上着を着ている──その描写は、まことに残酷なまでに縷々《るる》と続きます。ですが光源氏は、この姫君、末摘花の醜い容貌を見知ったのちも、生涯面倒だけは見ようと決意するのですから、ただのその場限りの浮気な女好きとは格が違います。

この物語はもとより、ろくさま容貌も知らないまま相手の女性と関わるという、平安時代の男女関係が生んだ悲劇、いえ喜劇に他なりません。まだ見ぬ人に思いを馳《は》せるものの、現実を知って興ざめする、という典型的なパターンです。

噂通りの変な女の子

このように、意表をついて笑いを誘うパターンのお話としては、『堤中納言物語《つつみちゅうなごんものがたり》』「虫愛《め》づる姫君」なども似ています。

ここに登場するのは、按察使大納言《あぜちのだいなごん》の姫君です。普通は若い姫君ならば、女童《めのわらわ》といった童女を召し使うものですが、この姫君は、男の童を侍《はべ》らせています。男の子たちに毛虫を集めさせては籠に飼い、手のひらに載せては撫《な》で撫でしているのです。当人は、眉も抜かず、お歯黒《はぐろ》もしないので、笑うとニッと白い歯を見せます。まあ腕白で健康的なのでしょうが、当時の身だしなみからすれば、とんでもない女の子です。男の童たちは褒美ほしさに、カマキリだの、カタツムリだのを持ってきます。男の童の名前には、虫の名を付けようというので、「けらを（おけら）」、「ひきまろ（ひきがえる）」、「いなかたち（不明）」、「いなごまろ（イナゴ・バッタ）」、「あまびこ（やすで）」などと名づけているのです。このあたりは、紫の上が雀の子を可愛がっていたのに童女が粗忽《そこつ》で……という話のパロディだといえましょう。実は紫の上の母方のお祖父さんも按察使大納言だったので、そのあたりもパロディとして意識されているのかもしれません。

しかしこの少女は、「人はすべて、つくろふところあるはわろし」と、人はありのままで取り繕わないのがよいのだ、などと言っていまして、なにやら哲学めいたものを感じさせます。親が注意すると、毛虫もやがて美しい蝶になるのですよ、と逆に諌《いさ》めたりして、両親も言葉を失います。妙に達観した子なのですね。

噂を聞いた男、右馬佐《うまのすけ》が、蛇に似せて作った偽物を、動くように仕掛けをして袋に入れて、文をつけて贈ります。受け取った姫君はさすがに物怖じし、ようやく偽物と知って片仮名で返歌をします。普通ならば女性は平仮名で書くものなのですよ。片仮名は、男性や僧侶が用いた文字なのです。右馬佐は、これは面白い、なんとかして垣間見せねば、というので姫君の邸《やしき》を訪れますと、ちょうど庭の木に毛虫の行列がいると男の童に誘われて、姫君は身を乗り出してきます。髪も梳《と》かさずボサボサで、眉も黒々、お歯黒もなし、でも口元はかわいらしく、化粧をしたら結構いけてるかも、と思う気品高さもある、と関心を抱いた右馬佐は和歌を贈り、かろうじて女房が返歌をして、物語は終わっています。

美しい女性との出会いの機会としての垣間見の物語が定着すればするほど、それを逆手にとって笑いの種にする物語も、あれこれ生まれてくるのでしょうか。末摘花の話にせよ、虫めづる姫君の話にせよ、こうした笑いを誘う物語が生まれてしまうのは、そもそも垣間見から始まる恋は、当時の現実の中では一種のお伽噺《とぎばなし》だったからではないのかと、私はますます感じてしまうのです。それは、ともすると大人の事情で決まってしまう結婚という現実に向き合わざるを得ない人々の、ささやかな夢であり遊びであったのではないでしょうか。

ともあれ、垣間見から始まる恋、という物語のパターンが、細部にあれこれ工夫を凝らされて、美しくもおかしくも変形しながらさまざまな物語に組み込まれていることを考えますと、そのような物語の型の典型的な事例として、教科書では若紫巻の光源氏の垣間見の場面が取り上げられている、と考えるべきでしょう。

有名な一つの場面を知ることで多彩な応用がきくという、いわば数学の公式や科学の法則のような側面が、古典文学の名場面にはあるのです。その意味で、古典とは紛《まご》うことなく〈型の文化〉なのです。

どうぞたくさんの古典文学の名場面に接してみてください。そして、「ああ、これに似た話、読んだことがあるな」という経験を積んでみてください。読んだことのない古文の文章に試験の会場で向き合った時の、あの何とも言えない緊張と戸惑いが、いくらか軽くなるはずですから。

第二章　文のやりとりから結婚へ

「あはれ。これより帰りなむ。屎《くそ》つきにたり。いと臭《くさ》くて行きたらば、なかなか疎《うと》まれなむ」とのたまへば、帯刀《たちはき》笑ふ笑ふ、「かかる雨に、かくておはしましたらば、御志《こころざし》を思《おぼ》さむ人は、麝香《ざかう》の香《か》にも嗅《か》ぎなしたてまつりたまひてむ。殿はいと遠くなりはべりぬ。行く先はいと近し。なほおはしましなむ」

（**『落窪物語《おちくぼものがたり》』**巻二）

少将が、「ああ。ここからもう帰ろう。糞《くそ》が服に付いちゃった。こんなにひどく臭いまま行ったら、かえって嫌われてしまうだろう」と仰ると、帯刀はくすくす笑いながら、「こんな土砂降りの雨の中に、こうまでしていらっしゃったら、そのお気持ちをお察しなさる方なら、芳《かぐわ》しい麝香《じゃこう》の香だと、むりやり努力してでも嗅ぎ申しなさるでしょう。お邸《やしき》はずいぶん遠くなってしまいました。姫の所はすぐ近くです。やはりお行きなさいませ」

私は大学生だった頃、大変不届きなことに、授業にはあまり真面目に出ませんでした。三回出席すれば一回はサボって遊びに行く、という具合の、まあちょっとぐうたらな学生だったわけです。ある日、私が例によって姿を現しませんと、クラスメイトのK子さんは、私が頼んだわけではなかったのですが、代わりに出席の返事をしてくれました。いわゆる「代返《だいへん》」です。女子学生はさほど人数はいませんでしたから、すっかりバレていたのでしょう、先生は授業中に私の名を呼んで、「質問に答えなさい」と言ったそうです。すると、K子さんは、そのまま堂々と私の代わりに返事をした、そしてK子さん自身が指名されますと、また堂々と答えたということです。素晴らしい度胸ですね。きっと先生も、あんぐりと開いた口が、塞がらなかったことでしょう。K子さんは私の生涯忘れられない親友です。これを読んでくれたら、Kちゃん、連絡ください！

求愛の和歌は誰の歌？

垣間見をして憧れの姫君にアプローチ、さてそのあとはというと、もちろん和歌を贈らなければなりません。それでは当時の人は、みんな上手に和歌を作れたのでしょうか。

作文が苦手な皆さんがいるように、和歌を作るのが苦手だった人はどうしたのでしょうか。

和歌は、必ずしも本人が作らなくてもよかった、本人が書かなくてもよかった、代作も代筆もOKでした。代作で、代筆だとすると、本人の影は片鱗《へんりん》もないではないか、と思われるかもしれません。まさにそれでよかったのです。

平安時代の人々にとって、和歌を贈ったり、それに返事を出したりするのは、今日でいうところのメールのやりとりに似たところがあります。しかし一番の違いは、それがプロバイダを通してなされるわけではなく、仲介する文使《ふみづか》いの手に託された、そして贈られてきた手紙も当人がこっそりと読むのではなく、周囲にいる女房も一緒に見る、といった具合に、個人と個人の秘めたる対話とは、およそ程遠かったことです。

贈る男性の側が自分で和歌を作らない場合もありました。『蜻蛉日記《かげろうにっき》』下巻には、作者の息子の藤原道綱《ふじわらのみちつな》が、大和《やまと》の国（今の奈良県）に縁のある女に和歌を贈る、というくだりがあります。でも、どうやらその和歌は、作者が息子を指導したか、代作したもののようです。母親が息子の代わりに作ったラブレターなんて、贈られた女性も、あんまり嬉しくなさそうですね。とはいえ、女性の側はそれが代作であるかどうか、わからなかったかもしれません。そしてまた仮に代作だろうとうすうす感じても、求愛の和歌などというものは、そうやって誰か身近にいる上手な人が代わりに作るものなのだ、と当然のことと受け止めていた可能性もあります。

和泉式部《いずみしきぶ》などは、恋人だった敦道親王《あつみちしんのう》に、ほかの女性に贈るための和歌を作るように、と頼まれた様子です。『和泉式部日記』によりますと、その女性は、敦道親王とは別れて地方に下ろうとしているという、やや複雑な関係でした。それにしても、いかに別れの歌だとはいえ、和泉式部はこの依頼にやはり少し傷ついたのでしょう、依頼された歌に添えて、怨《うら》みをこめた歌を敦道親王に贈っています。和泉式部には、この他にも男性に頼まれて作った求愛の和歌が、『後拾遺和歌集《ごしゅういわかしゅう》』という歌集に残っています。頼んだ男性と和泉式部がどんな関係であったのかは、定かではありませんが、恋人関係であった可能性も捨てきれず、だとすれば、なかなかに壮絶な関係です。

このように、和歌がコミュニケーションの重要な手段だった時代には、和歌を作ることに巧みだった女性たちは、蔭《かげ》に日向《ひなた》に、夫や主君のために、すぐれた和歌を作っては、自らの名は埋もれたまま、別人の名前で和歌を残していたのです。

お答えする姫君の作法

さてそれでは、和歌を贈られた女性の側はどうでしょうか。当然こちらも姫君一人で応じるなどといったものでは、全くありません。皆さんが友達からもらったラブレターや携帯メールをお父さんやお母さんにのぞかれたら、とっても嫌でしょうね。でも、平安時代の姫君は、男性から贈られてきた手紙を、母親や女房たちなど、大勢で検分するのです。そして、誰が返事をするのがよいかを考えます。

相手がこちらより格段に身分が高く、代理のお返事ではあまりに失礼な場合は、仕方ないので姫君本人が返事をしなければなりません。和歌を作るのは周りの誰かでも構いませんが、姫君は自筆で書くよう促されます。しかし、ほどほどに釣り合う相手の場合は、すぐに姫君自身が答えては、かえって安売りになってしまいます。女房なり、母親なりが代わりに和歌を作って書く、という代作の返事を何度か重ねた後に、おもむろにご本人が登場するのが、品の良い応じ方でした。受け取った側も、最初は代作だと覚悟していますから、代作の返事が来たからといって、怒ったりはしません。辛抱強く、度《たび》重ねて求愛の文を贈り、「ご本人の直筆のお返事がほしい」と、相手が気持ちを許すまで根気よく訴え続けるしかありません。このあたりの経緯は『蜻蛉日記』の冒頭に詳しく書いてあります。

やがて根負けした姫君が、自分で返事を書く段になっても、最初は「好きだ好きだ」と言われて、「はい私も」などと言ってはいけません。「あなたの気持ちなんてすぐに色の変わる木の葉みたいなものでしょ」とか、「あなたが泣いた涙で袖が濡《ぬ》れる程度ではダメ、河ができて体ごと流れるくらいじゃないと」とか、何度も何度も、イケズな返事をします。イケズの意味がわかりませんか？　関西弁で、小意地悪、といった意味なのですが、微妙なニュアンスを伝えるのが難しいですね。そうしてようやく、根気強く求愛し続けた男にだけ訪問が許され、女側が迎え入れるのです。

なぜこのような悠長なやりとりがされるのでしょうか。それは、女性の立場が弱かったからに他なりません。一つには、女君《おんなぎみ》の周辺の女房を手なずければ、女君が許していなくてもその寝所に忍び込めるという、当時のやや開放的な居住空間のありようも関わっているでしょう。大部屋を几帳《きちょう》などで間仕切りをして暮らしている空間は実に無防備で、男が邸《やしき》に入り、寝所に入ってしまえば、女君本人には身を守ることはほとんど不可能です。

それに加えておそらく、結婚した後には女性側が、圧倒的に不利な立場になることも関係しているでしょう。この時代の結婚は、少なくとも当初は、男が女の家に通う「通い婚」です。つまりひとたび関係を許してしまえば、女性は基本的に夫の訪れを待つほかに術《すべ》はなく、夫の足が遠のいてしまえば手紙で恨み言を訴えるのが関の山で、自らの立場を守る手段には乏しいのです。通う男の側が主導権を握る不均衡な関係だからこそ、最初の段階で男の誠意がどれほどのものか、確かめに確かめておかなければならないわけです。

こんにち、そんな具合に石橋を叩《たた》きに叩いておりますと、石橋といえども大抵は割れてしまいます。嫌よ嫌よも好きのうち、のつもりで、たっぷり焦《じ》らしていましたら、突然、「俺、彼女できたから、じゃあね」ときたもんだ！「待ってーっ！」と言っても後の祭りです。どうぞお嬢さん方、お気をつけあそばせ。

結婚の儀礼の手順

それでは、ここまでの経過を含めて、結婚に至るまでのプロセスをおさらいしておきましょう。

噂を聞くなどして心惹《ひ》かれた女性ができますと、仲立ちの人に頼んで、先方の気持をひそかに打診します。同時に、男性は女性に求愛の文を遣わします。何度も重ねて和歌を贈るうちに、最初は返事ももらえず無視されていた手紙に、次第に代作や代筆であれ返事が来るようになり、やがて、ご本人の直筆のお返事がもらえるようになればしめたものです。その文面が少々意地悪でも、ご本人からお手紙が来たことに勇気を得て、さらに何度も文を贈る。そのうち、正式に両家の両親の認めるなか、縁起の良い日を選んで通い始める、といった段取りになります。

もちろん、いつでもこんな風に教科書通りに進むとは限りませんでした。時には親の了解なしに事が進んだり、本人の気持ちを無視して実力行使に出たりと、実際にはさまざまな経緯があったはずです。

さて、ひとたび結婚となれば、三日続けて通うことが大切でした。一日だけ通い、翌日通わなければ、それは軽い遊び程度の関係で、正式な関係として処遇されていないことを意味しました。とはいえ、『蜻蛉日記』上巻を見ますと、作者自身のもとにも夫の兼家《かねいえ》は三日通ったようですが、後に関係を持った町の小路《こうじ》に住む女の所へも三日通った様子です。つまり三日通うというのは、相手の女性との関係を尊重している証ではあっても、唯一無二の正妻であることを意味するほどのことでもなかったことになります。

その意味では、三日通う習慣は最低限の保証ともいうべき程度のものかもしれませんが、だからこそというべきか、一夜関係を持ったものの、三日続けて通って来ない場合の、女の側の屈辱感は並々ではなかったようです。『和泉式部日記』を見ますと、和泉式部と初めて関係をもった敦道親王は、翌晩には訪れておらず、和泉式部は期待していなかったとはいえ、やはりかなり傷ついた様子です。二人がどれほど愛し合っていたとしても、社会的にそれは結婚と呼べる関係ではなかったことがわかります。

大切な結婚三日目

こうした結婚当初の付き合い方のことは、『落窪物語《おちくぼものがたり》』に詳しく書いてあります。これは継子《ままこ》苛《いじ》めの物語で、日本版シンデレラ物語、とでも言いましょうか。実の母を早くに亡くして継母《ままはは》に苛められている姫君のもとに、唯一、「あこぎ」という女房が真摯《しんし》に仕えています。この姫君のもとに右近少将《うこんのしょうしょう》という貴公子がこっそり通い始める、という話です。少将のことは、姫君の継母はもちろん、実の父親も知りません。

少将は、あこぎの夫である従者の帯刀《たちはき》から話に聞いて心惹《ひ》かれ、帯刀の手引きによって垣間見に出かけ、姫君のもとに忍び込みます。あこぎは迂闊《うかつ》だったと心を痛めるものの、関係ができた以上はできるだけ助力しようと奔走します。

少将は最初の共寝をした翌朝、早々に文を贈ってきます。いわゆる「後朝《きぬぎぬ》の文」です。一般に、男が女のもとを訪れた翌朝は、夜が明け切るまで長居をせず、人目に立たないうちに帰り、和歌を遣わすのが慣わしでした。はやく贈れば贈るほど情愛が深いと考えられていたようで、帰宅するや否や贈る、という具合でしたから、使いの者もさぞ大変だったことでしょう。一方の女の側は、結婚の最初の後朝の文には、必ずしも自分では返歌をしなかった、むしろ代作である方が一般的だったのではないかと思われる節があります。後朝の文を贈るのは、結婚の最初だけではありませんが、結婚当初の後朝の文は、普段のそれとは別格の、一種の儀礼的な意味合いを持っていたようです。

落窪の姫君の場合は、まだ少将との思いがけない一夜に動揺していて、後朝の文に返事ができません。結局姫君は返歌をせず、帯刀の手紙にあこぎが答えるだけで終わってしまいます。

姫君はろくな装束も持っておらず、初夜にはたいへん恥ずかしい思いをしました。二日目の夜には、あこぎが自分の一張羅の袴《はかま》を姫君に差し上げています。そのほか、あこぎの叔母さんにあたる和泉守《いずみのかみ》の妻のところから几帳を借りて、少将をもてなす食事も何とか人並みに調達してくる、といった具合に活躍します。

三日目の夜には「三日夜《みかよ》の餅《もちひ》」といって、お餅を二人で食べます。その後「露顕《ところあらはし》」といわれる結婚披露宴《ひろうえん》が行われるのが慣わしでした。ひそかな結婚なので披露宴は無理としても、せめて三日夜の餅だけは、というので、これもあこぎが叔母さんに頼んでなんとか餅を用意して、少将の訪れを待っています。

ところが、折悪しくも結婚の三日目は、土砂降りの雨でした。今と違って舗装したアスファルトの道路ではありませんし、自動車に乗っていくわけでもない、雨の日ほど出かけたくない折はありません。それでも、少将は、結婚三日目に通わないのでは姫君がかわいそうだと思って、大きな傘をさして無理に出かけます。すると道中、盗賊と間違えられて、検非違使《けびいし》（当時の京都の治安維持をする役人）の下端《したつぱ》のような連中に呼び止められた挙句に、転んで糞まみれになってしまいます。少将は、「こんな臭いものを付けて行ったら姫君に嫌われるだろうから帰ろう」と言いますと、帯刀は、「この雨の中をこうまで苦労していらしてくださったら、姫君には麝香《じやこう》の香《か》ほどの素晴らしい香りだと思われることでしょう」と励まして、そのボロボロのままの姿で姫君のところに訪れます。さぞ臭かっただろうと思うのですが、姫君が感動したのなんのって！　結婚最初の三日間を続けて通う事が、いかに大事な儀礼であったかがわかるでしょう。

箱の蓋に餅を盛り付けて、あこぎが持ってきます。少将が「どうやって食べるのかね」と食べ方をあこぎに聞いて、「まだご存じないんですか」などと言われたりしています。このやりとりは、少将にとって姫君が初めての結婚だった事がわかる、重要なくだりとなっているのです。

これによく似た場面は、『源氏物語』の葵巻《あおいのまき》で、光源氏と紫《むらさき》の上《うえ》が新枕《にいまくら》を交《か》わすところにも出てきます。紫の上は、例の北山の垣間見の後、お祖母さんを亡くしました。光源氏は紫の上の父親の了解を得ないまま、かっさらうように自分の邸に連れて来ます。そして数年を経てようやく、二人は新枕を交わすのです。ここには、昨日まで兄妹同然に暮らしていた光源氏の思いがけない振る舞いに、涙にくれて起き上がれない、まことに初々しく愛らしい紫の上が描かれています。この場面では、光源氏は惟光《これみつ》という自分の乳母子《めのとご》に餅を用意させています。本来は妻の家の側が用意するべきものを、夫の側が用意しているところに、身寄りのいない紫の上の、はかない身の上が暗示されてもいるのです。

さて、三日続けて通った後、その日または一、二日のちに、妻の家の側が「露顕」、いわゆる結婚披露宴をします。舅《しゅうと》と婿が対面して、互いに酒を酌み交わすのです。親が認めて、しかるべき日取りを選んだ関係では、当然行われましたが、落窪の姫君にせよ、紫の上にせよ、実の父親も知らない結婚ですから、「露顕」は行われていません。そういう意味でも、結婚の始まりの形としては、いささか不備なものだったといえましょう。

「面白《おもしろ》の駒《こま》」と「四の君」の結婚の場面（172ページ参照）
（『落窪物語絵巻』　日本大学総合学術情報センター所蔵）

仲立ちとなる人を介した男の求愛、文のやりとりを経て、御簾《みす》を隔てて対面、楽器の演奏や和歌のやりとりをする。やがて正式に結婚するとなると、結婚の日取りを決定する。女は結婚に先立ち、成人式にあたる裳着《もぎ》をしておきます。そして、男は最初の三日間通い、三日夜の餅を食べ、露顕という披露宴を行う――、これが通常の結婚の儀礼です。とはいえ、物語の中に描かれる結婚の次第などは、必ずしもこうした一連の結婚の儀礼がすべて実現されているわけではありません。描かれずとも実は行われていた、という可能性もあるでしょうが、どこか欠けたところのある結婚も多かったのでしょう。親の許可を得ないまま先に関係を持ってしまう例も、多く見られます。

このような結婚の始まり方は、その男性の複数の妻妾《さいしょう》の中で、どのような立場でいられるかにも関わる、重要な手続きでもあったのです。

第三章　恋の和歌の作り方

冬はつとめて。雪の降りたるは言ふべきにもあらず、霜のいと白きも、またさらでもいと寒きに、火などいそぎおこして、炭持てわたるも、いとつきづきし。昼になりて、ぬるくゆるびもていけば、火桶《ひをけ》の火も、白き灰がちになりてわろし。

（『枕草子《まくらのそうし》』「春はあけぼの」）

冬は早朝。雪が降っているのは言うまでもなく、霜がたいそう白く置いたのも、またそうでなくても実に寒い時に、火などを急いで熾《おこ》して、炭を持ってあの部屋この部屋へ行くのも、まことにいかにも冬の早朝らしく似つかわしい。昼になって、空気がぬるくなって寒さが緩んでいくと、火桶の火も、白い灰が多くなってしまって、感じが悪い。

クリスマスが近づくと、街中はイルミネーションや飾り付けに彩られ、さまざまなクリスマスソングが流れます。その中で、どこに行っても必ず耳にするのが山下達郎の「きっと君は来ない〜」で知られるあの曲、「クリスマス・イブ」(作詞・山下達郎)です。一九八〇年代にJR東海のCMに使われ始めてから、日本中誰も知らない人のいない歌になりました。だからといって、アーティスト志望でゆくゆくはヒット曲を出したいと思っているあなた、「そうかクリスマスを歌えば、クリスマスには必ずかけてもらえて、ロングヒットになるのか」というのは、ちょっと浅はかです。こういう曲は、十二月二十五日を過ぎれば、ほぼ一年忘れられる運命にありますから、短期勝負だともいえるのです。翌年のクリスマスも思い出してもらえる保証はないですし。こういうもので勝負をはれるのは、ビックアーチストだからなのでしょう。そういえば山下達郎もサザンオールスターズやTUBE《チューブ》も、夏の海をテーマにして、ずいぶんヒットさせていましたっけ。夏の方がクリスマスより、営業期間が長めかもしれませんね。

えっ、もうみんな懐メロですって？　そうですか、最近の流行《はや》りは、オバサンにはちょっとなかなか……。

四季を詠む和歌

四季を刻む季節感、といっても、今日は冷房暖房の効いた部屋の中で、ハウス栽培の野菜を食べていますから、何が旬なのかわかりにくくなって、今ひとつ実感が薄くなっているかもしれません。それでも、「雪月花」が四季を代表する景物だというくらいは、わかりますよね。冬は雪、秋は月、春は花（桜）、ということです。でも、どうして「花」は桜なのか、他の花は「花」ではないのか、あるいは、「月」は満ち欠けがあるとはいえ年中出ているのに、どうして秋なのか、などと思われるかもしれません。

春の花といえば桜が代表選手になったのは、平安時代になってからのようです。『万《まん》葉集《ようしゅう》』には中国から渡来した梅の花が、より古くからの在来種である桜よりも格段に多く詠まれており、「花」といっても桜に限らず、いろいろな花を意味しました。『古今和《こきんわ》歌集《かしゅう》』（以下『古今集』）時代になってから、梅にもまして桜が愛でられるようになり、やがて時代が下ると、「花」と単独でいえば桜の花を指し示すようになります。

大学のサークルや会社の若手の春の仕事は、花見の席取りですね。私たちは、春には花見をして、食べたり飲んだり歌ったりします。ちょうどそれと似た感じで、平安時代の人々も花見に行っては酒を飲んで和歌を作りました。『伊勢物語《いせものがたり》』八二段には、在原《ありわらの》業平《なりひら》と思われる男たち一行が、惟喬親王《これたかしんのう》を囲んで交野《かたの》の地（今の大阪府北東部）に赴き、わいわい酒を飲んでは歌を作って、夜中まで楽しんでいた様子が描かれています。

春には花見をし、秋になると紅葉を楽しむ、これはそれぞれの季節の美しいものを楽しもうという気持ちなのだから、時代を超えて変わらない人の営みなのだ、と思われるかもしれませんが、さほど事は単純ではありません。

こうした四季の代表的な風景を意識的に順序付けて並べたのは、『古今集』でした。奈良時代に編纂《へんさん》された『万葉集』には、四季の歌はたくさん含まれていますが、『古今集』ほど整然とは並べられていません。

『古今集』は、十世紀初頭に編纂された日本で最初の勅撰和歌集《ちょくせんわかしゅう》です。勅撰とは、天皇の命令を受けて編集された、という意味です。『万葉集』は大きな歌集ですが、勅撰集ではありませんでした。ここには、平安時代の初頭に、勅撰の漢詩文集が作られた事情などが関わっているようです。

平安時代は、当時の中国、唐の国を理想としてその模倣をしながら新しい国家を作りましたから、漢詩文の社会的な地位が高く、日本でも盛んに漢詩文が作られました。漢詩を上手に作れることが、官僚としての能力の証《あかし》でもあったのです。それにくらべて和歌は主に、個人的な人間関係、ことに男女の間のやりとりの場で交わされているものだとして、社会的な地位は低かった、しかし、平安時代が始まって数十年ほどして、藤原氏が摂関家として実権を握るようになると、後宮での女性たちの役割も重くなりました。そうして時代が変化するにつれて女性も参加できる文化である和歌を、漢詩並みの社会的な地位にまで高めようと、天皇の命令で和歌集を作る事になったのです。

『古今集』は、全体が二十巻に分けて編成されています。四季については、春上・下二巻、夏一巻、秋上・下二巻、冬一巻、といった編成、恋については一から五の巻によって編成されています。ですから、四季と恋とをあわせますと、『古今集』の半分以上を占めることになり、それが和歌のテーマの中心である事が分かります。ちなみにその他には、賀歌《がか》といったお祝いの歌とか、羇旅歌《きりょか》といった旅の歌とか、哀傷歌《あいしょうか》といった人の死を悼む歌などがあります。

さて『古今集』では、四季の歌が、それぞれの季節の移り変わりとともに進むように、並べられています。それぞれの季節の代表的な風景を詠んだ歌を掲げて、春夏秋冬の歌を作るときのモデルとして、人々に発信したのです。立春が来て雪解けの予感がし、野に出て若菜を摘み、やがて梅の花に鶯《うぐいす》が来るようになる。まもなく桜が咲き、桜が散るのを惜しみながら、藤《ふじ》や山吹が咲くのを楽しむ。夏になると橘《たちばな》の花に時鳥《ほととぎす》が訪れる。夏の暑さに辟易《へきえき》する頃、夕暮れには風が吹き秋の訪れを知らせる。秋には空気が澄んで月も美しく見える。松虫などの虫の音が聞こえ、萩《はぎ》や女郎花《おみなえし》などの秋草が乱れ咲く。そして秋も終りになると、紅葉が色づき、霜が降りて、やがてさらに冷え込み、冬になって雪が降る……といった具合です。四季の進行を追って、それぞれの季節の、その時期を代表するような動物や植物の歌が並べられているのです。そして、冬の終わりは再び最初に戻って、春の初めに繋《つな》がる、という具合になっています。

こうしたところに表現された季節感は、確かに人々の自然な感動とも無縁ではないでしょうが、一方では、一年の暦の進展とからめて並べた、国家が制定した季節感、といったものでもありました。というのは、宮中で催されるようになった年中行事でのさまざまな風景、新春の行事における若菜、「左近《さこん》の桜、右近《うこん》の橘」といわれる内裏《だいり》の紫宸《ししん》殿《でん》の風景、あるいは中国から伝来して平安中期には宮中で催された月見の宴等、宮中の儀式にかかわる象徴的な風景がどこか連想されてくるからです。いわば、帝の支配する宮中の風景や儀式を象徴する風物を、それぞれの季節の代表的な風物として取り上げ、その風物を四季の進行に従って並べたものが『古今集』なのだとも考えられるのです。

『枕草子』への『古今集』の影響

ですから、こうして和歌の世界で確立された季節感は、どこか人工的です。とはいえ、この時代の和歌や物語に大きな影響を与えました。ともすると個性的だと強調されがちの『枕草子』なども、たとえば冒頭の「春はあけぼの」の章段などは、やはり、『古今集』的な季節感を充分に意識しながら、それを少しユニークに切り取って、オリジナリティーを発揮したものだといわれています。

「春はあけぼの、やうやうしろくなりゆく山ぎは、すこしあかりて、紫だちたる雲のほそくたなびきたる」とある中に、直接言葉にされていなくても、春の朝といえば桜の花が意識されるのが、当時の和歌における常識的な連想だったのです。「夏は夜」という背後には、夜に鳴くという夏の代表的な鳥である時鳥《ほととぎす》が意識されていたことでしょう。『古今集』は、和歌に、物語に、絶大な影響を与えました。『源氏物語』などを通過して一段と華やぎ、のちの時代の和歌に、連歌に、俳諧に影響を与えて、いわゆる季語が確立されるに到ります。私たちが春の月よりも、秋の月をどこか特別に意識するのだとすれば、こうして連綿と紡がれてきた季節感の系譜の上に、いまだに私たちが立っていることにもなるのでしょう。

もしかしたら皆さんは、季節の変化を感じる時に、季語を意識しているわけではない、というかもしれません。自分は俳句など作った事はない、季語なんか知らない、関係ない——そうです。普通に私たちは、夏の暑さを感じるときに、冬の寒さを感じるときに、必ずしも季語を意識するわけではありません。中には、「バレンタインデー」やら、「クリスマス」やら、「恵方巻き」やら、明らかに明治期以降になって根付いた、季節の風物詩もあります。しかし、その一方で、春の花見や、秋の月見、紅葉狩り、といった季節の営みを、生活の一部として楽しんでもいるのです。古い時代に和歌の世界で作られた季節感が、時代を経てさまざまな変容を遂げつつ、新しく生まれた季節の風物と共存しながら、連綿と続いている、これもまた疑いのないことなのです。

恋の歌の作り方

それでは『古今集』で四季の歌と並んでもう一つの軸となっていた恋の歌、こちらはどんなものでしょうか。『古今集』では四季の歌同様、恋の歌も、恋の始まりから終わりに向けて、順に並べられています。四季は、春夏秋冬を経過すると、また元に戻って春夏秋冬を繰り返します。恋の場合も、始めから終わりまでの過程を経て、それを終えるとまた元に戻って、恋の始めからやり直すことになります。ただし、別の相手とですが……。

それはさておき、恋の和歌の作り方をご説明しましょう。恋の歌といえば、「好きだ好きだ、僕には君しかいない」とか、「あなたは今何をしているの、私はあなたを思って一人で孤独に過ごしています」みたいなものかと思われるかもしれませんが、その手の歌は案外と少ないのです。これって、よほど親しくなってからならともかく、出会って間もない頃だと真剣な割には相手には伝わりにくく、下手をするとストーカーになりそうな雰囲気です。たとえば映像にするならば、これではバックに風景がなく、なんだか曖昧《あいまい》です。ですから思いを伝えようとするなら、灼熱《しゃくねつ》の海岸や、雪の降るなかホームを出て行く列車があった方が、ずっと印象的でしょう。恋の歌とはいえ、そこには季節や風景がないのでは絵にならないのです。

そこで風景にからめて和歌を作るとして、「最初に出会ったのは、校門の前の並木に桜が咲いた新学期だったね、二度目に会ったのは、夏の暑い日、学食でぼくがチキンカレーを食べているときだった……」となってきますと、長いですすこれ。とても五七五七七の三十一文字には収まりそうにありません。ですから、もともと和歌は必ずしも三十一文字の短歌形式ではなかった、もっと長い形もあったのです。『万葉集』には、長歌《ちょうか》といって、五七五七五七……と長く続き、最後が五七七で終わる形式の歌がたくさん見られます。これならば、一つの歌の中に春には花を秋には紅葉を、と四季折々を経てきた思いを詠むこともできるわけです。

もうちょっとシャープにコンパクトにいこうとしますと、「校門の前の桜が咲いた今日、桜のように美しい君に出会えて、感動した！」といった具合になります。「桜」は目の前の風景でもありますが、同時に、美しい貴女《あなた》の比喩にもなって、二重の意味合いがこめられているわけです。このように一つの言葉や風景に二重の意味をこめるようになって、言葉の数をだんだん節約できるようになり、少ない言葉でたくさんのことが伝えられるようになりました。

夏の野の繁《しげ》みに咲ける姫百合《ひめゆり》の知らえぬ恋《こひ》は苦しきものそ

（『万葉集』巻八・大伴坂上郎女《おおとものさかのうえのいらつめ》）

これは『万葉集』の歌で、序詞《じょことば》を用いた歌です。序詞は下に来る言葉を導き出すための前置きの言葉ですが、「たらちねの」→「母」とか、「あしひきの」→「山」などの枕詞《まくらことば》が五音であるのとは違って、音数に決まりはありません。往々にして序詞は風景の描写で、その下に感情表現が導かれます。「夏の野の繁みに咲ける姫百合の」までが序詞で、「夏の野の繁みの中に咲いている姫百合の花が、誰にも知られていないように」、と風景を描写しながら、下の句《しものく》の「知らえぬ恋は苦しきものそ」、相手に知ってもらえない恋は苦しい、に繋《つな》がるというわけです。ここでは、誰にも知られていない、という点で、姫百合の姿と、ひそやかな恋とが重ねられています。ただひたすら、恋しい、苦しい、というよりも、この方が美しいですし、説得力がありますね。

うきめのみおひてなかるる浦なればかりにのみこそ海人《あま》は寄《よ》るらめ

（『古今集』恋五・詠人知らず）

こちらは『古今集』の歌で、掛詞《かけことば》・縁語《えんご》仕立ての歌です。「うきめ（浮き布《め》・憂き目）」、「おひて（生ひて・負ひて）」、「なかるる（流るる・泣かるる）」、「かり（刈り・仮）」が掛詞になっています。浮いている海草ばかりが生えて流れる浦なので、それを刈りに「海《あ》人《ま》」、漁師が来るだけ。それと同じように、つらい運命を負わされて泣いてばかりいる私のところには、ほんのちょっとかりそめに、あの人が来るだけ、といった意味になります。一連の風景を連想させる「浮き布」「生ひ」「流る」「刈り」「海人」が縁語となって、海辺の風景をかたどりながら、なかなか訪れてくれない男を待つ、女の身の侘《わび》しさを歌っているのです。こんな具合に、総じて『古今集』の歌は、一つの言葉に複数の意味を含ませるので、解釈をすると元の歌より格段に長くなります。

恋の贈答歌の掛け合い

さて、ここまでは和歌の作り方ですが、せっかく作ったのですから、意中の人に贈りたいものですね。贈るときは中身も大事ですが、ラッピングも大事です。平安時代には、正式な場合には、「立文《たてぶみ》」といって縦長に折りたたみました。今の白い便箋と封筒の雰囲気です。恋の手紙の場合は、色のついた薄手の紙を何枚か重ねて、草や木の枝に結んで贈りました。「結び文」です。紙の色と草や木の枝は同じ系統の色に揃《そろ》える、つまり、全部が一体となって一つの贈り物、という風に仕立てるものでした。

それでは受け取った側はどうしたらよいのでしょうか。本当に嫌いだったり関心がなかったりする場合はもちろん、しばらく様子をみたい等、まだ積極的になれない場合は、とりあえず無視するのが一番です。それでもしつこくまた手紙が来たとします。ちょっと気になり始めたら、代作あるいは代筆の手紙を返します。そしていよいよ、この人とお付き合いしてもいいかしら、となりますと、本人の直筆のお返事を贈ります。筆跡が代わりますから、相手にも、いよいよ真打ちの登場だ、とわかるわけです。

ではそのお返事には、どういう歌を返せばいいのでしょうか。相手が夏の海は素敵だね、と詠んできたのに、こちらが、夏なら私は山の方が涼しくて好き、と詠んでは失礼というものです。ちょっと趣味が合わなくても、とりあえず海辺の散歩に付き合ってあげましょう。どのみち彼らは都から出て、本当に出かけるわけではありません。空想の中で遊んでいるだけですから。つまり、彼らの和歌に詠まれる風景や地名の多くは、仮想の世界、バーチャルリアリティなのです。

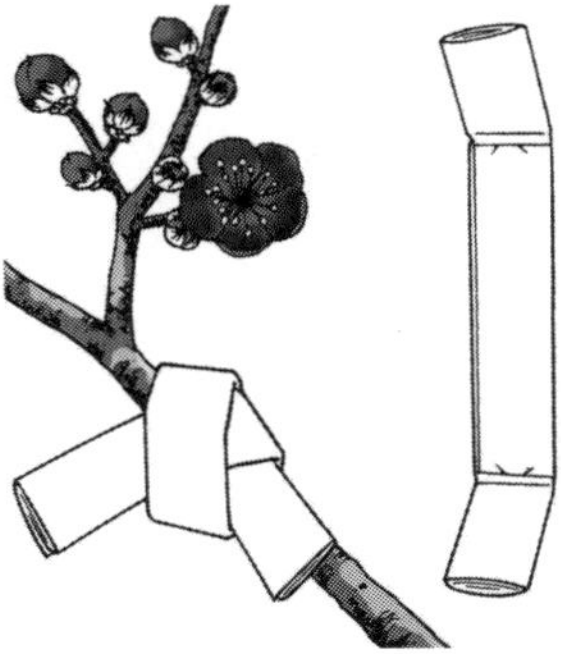
結び文（左）・立文（右）

とはいえ、告白されてすぐに「私も好き！」と言うのでは、安く見られてしまいます。ちょっとひねって、あなたは誠意が足りない、とか、本気かどうか信用できない、といって拗《す》ねたり恨んだりする方が効果的だったということでしょうか、平安時代の女の歌にはよく見られるパターンでした。

つれづれのながめにまさる涙河《なみだがは》袖のみひちてあふよしもなし
あさみこそ袖はひつらめ涙河身さへながると聞かば頼まむ

（『伊勢物語』一〇七段）

男が、「ながめ（長雨・眺め）」、長雨のなか、物思いにふけっていると、涙が河になってしまうほどで、袖が濡《ぬ》れるばかりで貴女に逢うすべがない、と歌いかけます。すると、女は、思いが浅いから袖が濡れているのでしょう、涙が河になって、体ごと流れると聞いたら頼りにしましょう、と返事をします。実はこの返歌、女のもとにいる別の男、業平らしき男が作った代作の歌だったのですが。

この贈答歌《ぞうとうか》では、返歌《へんか》は「涙河」「袖」「ひつ（濡れる、の意）」などと贈歌《ぞうか》と同じ言葉を使っていますが、相手の言っていることの揚げ足を取るような風情です。それでも返事をするのは積極的に関係を進めたい、という意思表示だったと見てよいでしょう。

今度は、関係ができた後の、いちゃいちゃムードいっぱいの贈答歌。

秋の夜《よ》の千夜《ちよ》を一夜《ひとよ》になずらへて八千夜《やちよ》し寝《ね》ばやあく時のあらむ
秋の夜の千夜を一夜になせりともことば残りてとりや鳴きなむ

（『伊勢物語』二二段）

男が、秋の長い夜の千夜を一夜と准《なぞら》えて、それを八千夜寝たならば、満足する時が来るでしょうか、と詠みかけます。すると、女は、秋の夜の千夜を一夜と数えても、まだ語らいの言葉を語り尽せずに残したまま、夜明けを告げる鶏が鳴く事でしょう、と返歌をした、というのです。返歌の冒頭は、贈歌の冒頭の「秋の夜の千夜を一夜にな〜」まで、そのままなぞっています。ぴったり寄り添った印象で、ラブラブですね。それにしても、一〇〇〇夜×八〇〇〇夜÷三六五日≒二一九一七・八年となります。本当は陰暦の一年は約三五四日ですが、約三年に一回来る閏月《うるうづき》の計算が面倒なので、太陽暦で計算しました。ざっと二万年です。そんなに生きられるわけないでしょ、ありえない、というようなことを、よくもまあ平気で和歌に詠むものですね。

山下達郎の「クリスマス・イブ」について言えば、「雨は夜更け過ぎに、雪へと変わるだろう～」と同じメロディーに、「きっと君は来ない、ひとりきりのクリスマス・イブ～」を乗せるのは、つまり、美しい風景に託して感情を歌い上げるという伝統的な歌の技法の系譜上にあるのです。だからこそ、広く世代を超えた人々の心を、つかむ力があるのでしょう。皆さんのお気に入りの一曲の歌詞も、そんな眼で眺め直してみては、いかがですか。

第二部　働く女たちと男たち

ムラサキシキブ

第四章　華麗なるキャリアウーマン

「なにとなくつれづれに心ぼそくてあらむよりは」と召すを、古代の親は、宮仕人《みやづかへびと》はいと憂《う》きことなりと思ひて過ぐさするを、「今の世の人は、さのみこそは出《い》でたて。さてもおのづからよきためしもあり。さてもこころみよ」と言ふ人々ありて、しぶしぶに、出だしたてらる。

（『更級日記《さらしなにつき》』）

縁のある筋から「何となく手持ち無沙汰に心細く暮らすよりは」とお召しがあったのを、古風な親は、宮仕えの人はたいそうつらい思いをすることだと思って、聞き流すようにさせていたのだが、「最近の世間の人は、宮仕えのことばかりを考えてひたすら出仕します。そうしてこそ、自然とよい運が拓《ひら》ける例もありますし。そうなさいませ」と言う人々がいて、親はしぶしぶだったが、出仕させられる。

戦後の日本では、女性は結婚を機に仕事をやめて家庭に入り、子供を産み、庭付きの一戸建ての家に住むのが理想だ、というのが暗黙の了解となっていた時代があります。郊外の一戸建てをローンで買って、満員電車の中を通勤する夫たち。それでも、会社に勤め続ければ給料が上がり、豊かに老後が過ごせることを疑わない、夢のある時代でした。

そうした中で、結婚しても社会で活躍したいと考える女性たちも増えました。一九八六年に男女雇用機会均等法が施行されて以後、好んで仕事を続ける女性には道が拓け、女性の結婚や出産の年齢も高くなっていきました。その一方、実は女性の側にも、専業主婦の方がお得だ、というしたたかな計算もあって、働く事を願う女性は必ずしも一直線には増えませんでした。そこには、結婚や出産を機に一度職場を離れてしまうと、再度社会復帰しようとしても、条件の格段に悪い仕事にしか就けない、かといって働きながら子育てを続けようにも、保育所などの整備が充分でない、といった問題もありました。

残念ながら、今の二十代から三十代は、税金の面でも、年金の面でも、支払う物に比べて、充分な公的な支援が得られず、不利益を被る世代と言われています。こうなってくると、寿退社など夢のまた夢、ということになるでしょう。この二十年間の給与水準の低下のために、夫の給料だけではとても家族を養えず、男性は結婚の決心すらおぼつかない——、という悪循環に陥りかけており、嫌でも女性も働き続けるのが当然という時代が、もうすでに始まっているのです。

女房勤めの魅力

平安時代の働く女性とは、つまり女房《にょうぼう》勤めをする者たちのことです。清少納言《せいしょうなごん》も紫式部も、みな「女房」だった人たちです。「女房」とは、人妻、という意味ではありません。高貴な人に仕える侍女、という意味です。いずれも文才で名高い才女ですから、女房たちとはよほど華やかな存在だったのだろうと思われるかもしれませんが、しょせんは使用人に過ぎません。

『更級日記《さらしなにっき》』には、作者に宮仕えの誘いがあった時に、「古代の親」は、宮仕えはつらいものだから、といってすぐには色よい返事をしなかった、というくだりがあります。

「古代の親」とは古風な両親のことです。当時、作者の父親は隠居状態、母親は尼になっており、古風で消極的な両親は、宮仕えには反対だったのです。それに対して、「今時《いまどき》はみんな喜んで宮仕えに出ます、その中で幸せを手に入れることもあるのです」などと人に勧められて、結局出仕することになります。

『更級日記』の作者が出仕したのは、後朱雀天皇《ごすざくてんのう》の第三皇女の内親王《ないしんのう》のもとでした。最初はとにかく周囲の様子がまばゆく、引っ込み思案な気持ちにとらわれ、落ち着かなかったと描かれています。このように、初めて宮仕えをした女性が、物馴れず、落ち着かない気持ちになったことは、『枕草子《まくらのそうし》』にも『紫式部日記』にも描かれているので、おおかた皆が感じる戸惑いだったのでしょう。

それはなぜか、と言いますと、まずは、当時の女性たちの生活環境が挙げられます。そもそも女性たちは、成人すると父親か夫以外の男性には顔を見せることもなく、御簾《みす》の内に籠《こも》り、扇で顔を隠していました。顔を隠すだけでなく、容易には声も聞かせなかったのです。ところが、女房勤めとなりますと、主人のもとに訪れてくる男の客人たちの応対もしなければなりません。顔を思いっきり晒《さら》すわけではないにしても、おのずと身近に接し、声は聞かせることになります。それは何とも恥ずかしく、きまり悪いことだったでしょう。同じ女房勤めをする朋輩《ほうばい》たちとの共同生活も、突然見知らぬ人たちと合宿をするようなものですから、さぞ落ち着かなかったことでしょう。

ですから、『更級日記』の作者の古風な両親が、宮仕えなどやめなさい、と言うのは、良家の子女の教育として、道理にかなったものとも言えます。にもかかわらず、宮仕えが華やかな憧れの場でもあったのは、女房勤めの中で、ファッションを競い、和歌を始めとする個個人の才覚が発揮されて、主君の眼鏡にかなったり、訪問してくる男性たちと風流な対話を交わしたりしながら、華やいだ時を過ごすこともできた、その意味で魅力があったのです。時にはそうした男性と心ときめく出会いも、軽い遊びの恋もあったことでしょう。口の悪い批評家は、「女房」とは現代のホステス業だ、とも言うところですが、なるほどそうした側面も否めません。

とはいえ、当時の女性がほとんど社会的な交流の場を持たず、わずかな身内の人間関係の中で埋没して生涯を終えていくことを考えますと、女性が個人の才能を存分に発揮できる場を得られるという点では、女房勤めはさぞ魅力的だったのではないでしょうか。

清少納言の機転

そうした意味で、女房勤めをすることでもっとも光り輝いて歴史に名を残したのは、清少納言でしょう。「香炉峰《こうろほう》の雪」の話がよく知られていますね。

雪のたいそう高く積もっているところを、いつもと違って御格子《みこうし》を下ろして、炭櫃《すびつ》に火をおこして世間話などをしていたところ、「少納言よ。香炉峰の雪いかならむ」と中宮定子（一般に「ていし」とされるが当時の女性の名は訓読みだったともされる）が仰せだったので、御格子を上げさせて御簾を高く上げると、中宮がお笑いになった、という話です。そばに控えた女房たちも、そういう詩は知っているけれども、思いもよらなかった、と感嘆したといいます。これは、白居易《はくきょい》の詩の一節、「遺愛寺《いあいじ》の鐘は枕を欹《そばだ》てて聴き、香炉峰の雪は簾《すだれ》を撥《かか》げて看る」を踏まえて、中宮が清少納言の機転を試し、

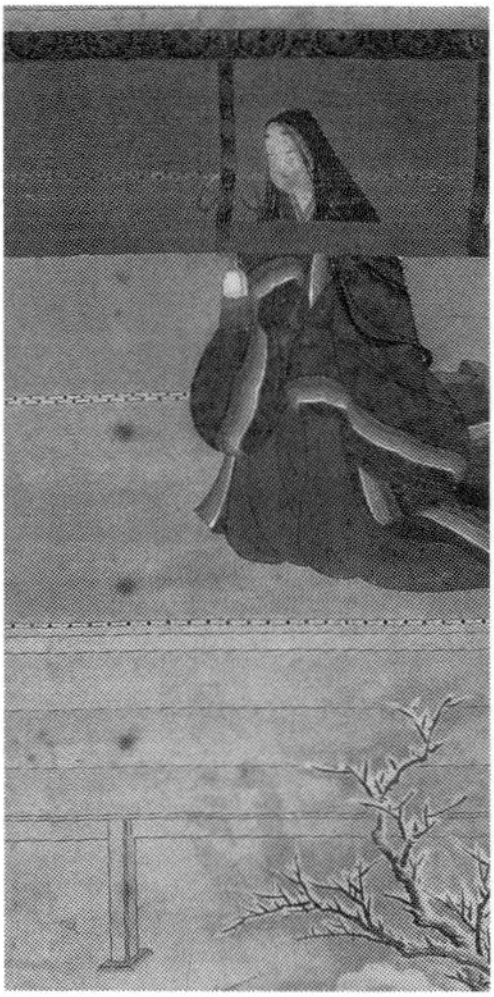
「清少納言像」（土佐光起《とさみつおき》筆）

見事にそれに応《こた》えたものだとされています。

当時の女性の教養は和歌が中心で、漢詩文は男性の教養とされてはいましたが、このような有名な漢詩の一節程度は、宮仕えするものならば当然身に付けておくべきだったのでした。しかし通常は、和歌や詩の一節を投げかけられれば、和歌や詩で応じるものでしたから、御簾を上げるという行動で答えるなど、容易には考えつかないことだったのです。このエピソードは清少納言が宮仕えを始めて間もない頃のこととされていますから、中宮が清少納言の能力をまわりの女房たちに認めさせるために仕組んだものだったかもしれません。ここには、ただのお勉強家ではない、知識を現場で生かせる職業人としての清少納言の巧みさが感じられます。もちろん清少納言としては、鼻高々だったことでしょう。

自画自賛することを、古語で「我《われ》ぼめ」といいますけれども、『枕草子』にはこの手の逸話がたくさん出てきます。清少納言自身が明るく積極的な女性だったのでしょうが、ただ自分の自慢を書いただけではなく、やはり、中宮と自分の間に交わされる機知に富んだ逸話を残す事を通して、中宮の教養の深さや慈愛に満ちた様子を伝えようとしたものと思われます。

清少納言が仕えた中宮定子は藤原道隆《ふじわらのみちたか》の娘で、一条天皇の寵愛《ちょうあい》を深く受けた人でした。やがて、道隆の死後、その一族は不遇になっていくのですが、暗転する定子の運命の翳《かげ》りを微塵《みじん》も残さず、終始明るくのびやかな『枕草子』の世界は、歴史を知るものにとってはある意味で痛々しくも悲しくも感じずにはいられないのです。あくまで明るく語りなすことこそが、清少納言の中宮定子に対する忠誠と愛着の現れであったともいえましょうか。

女房の役割

さて、『源氏物語』の作者として知られる紫式部にも、日記があります。『紫式部日記』と呼ばれるこの作品には、紫式部が仕えた中宮彰子（一般に「しょうし」とされるが訓読みだったか）が一条天皇の子を生む折の事を中心に、女房暮らしのことなどが記されています。一条天皇は、藤原道隆の娘である定子を中宮としていましたが、道隆の一族が没落したのち、道隆の弟である藤原道長《ふじわらのみちなが》の娘の彰子を中宮としたのです。

『紫式部日記』には、藤原道長が紫式部の部屋の戸を叩いても、戸を開けなかった、というエピソードが載っています。これをもって、後の時代には貞女の鑑《かがみ》とされたりもするのですが、本当でしょうか。私にはどうも胡散臭《うさんくさ》く思えてなりません。女房たちが主君筋にあたる男性と性的な関係を持つのは、ごく自然な事であり、求められれば拒む事もできなかっただろうからです。

主君やその関係者と性的な関係を持つ女房たちは、「召人《めしうど》」と言われました。召人は、妻妾《さいしょう》として社会的に認められる立場ではありません。女主人の夫のお手がついていたとしても、女主人自身は表立っては嫉妬もしません。嫉妬するほどの相手でもない、というのが召人の位置づけであり、その意味では完全に日蔭《ひかげ》の身の上でした。

時には、主君筋の男性が、妻や娘に仕える女房と関わることで、忠誠心を固める手段とすることもあったようです。『源氏物語』では、光源氏が明石の地で出会った明石《あかし》の君《きみ》との間にもうけた姫君のために、自身が都に戻ってから乳母《めのと》を選び、都から遠く離れた明石の地に旅立たせるという話があります。さしずめ、姫君の養育係、兼、母親の明石の君の相談相手、といった役どころでしょうか。この乳母が都を出立する前に、光源氏はどうやら一夜の関係を持っています。娘を託す上での、信頼関係を固める儀式、といったもので、もちろん光源氏の妻妾の一人として数えられることはありません。

ちなみに、女房の中で、特別な役割をもった存在として、乳母が挙げられます。「乳母」という字面からしますと、幼い主君に乳を与えるのが主な役割かと思われがちですが、授乳だけが役割だったわけではなく、養育係、といった意味合いでした。当時は、必ずしも実母とともに暮らせるとは限らず、父親のもとにいる別の妻のもとで育てられることすらも少なくなかったので、離れることなく傍にいるのは、実母よりもむしろ乳母だったといってもいいでしょう。なんらかの血縁の者である場合も多く、主君とは運命共同体的な強い絆《きずな》で結ばれたのです。

乳母の子供にあたる乳母子《めのとご》もまた、同様に、深い絆で主君と結ばれたのでした。光源氏にとっての惟光《これみつ》、光源氏の晩年の妻であった女三宮《おんなさんのみや》にとっての小侍従《こじじゅう》などがそうです。惟光は光源氏の幼少のころからおそば近くに仕えており、光源氏のお忍びの恋には、いつも伴われました。一方、小侍従は、柏木《かしわぎ》の女三宮との密通をお膳立てしてしまいます。それは、女三宮にとっては本意ではない振る舞いだったことでしょう。これは、乳母子が、女主人に関心を持つ男君に従って、女主人に密通を手引きしてしまった例です。

　こうした物語中の乳母子の描かれ方を見ますと、乳母子は多くの女房たちの中でもとりわけ女主人と運命共同体的ではありますが、それは単に女主人の人生を守る、というだけではなく、むしろ積極的に異性を手引きする事で、女主人に新たな試練を与える結果になることもあったということがうかがえます。

　総じて女房たちは、主人の家と運命をともにします。主君の家の浮き沈みがそのまま、自分たちの生活に直結してくる、という意味で、経済的にも生活の拠り所なのです。ですから、主君の家が没落しますと具合が悪く、他により有力な家を見つけて鞍替《くらが》えする事もありました。そうした時のための用心に、日ごろから複数の家に出入りしながら、どちらの家とも親しくすることもあったようです。そしてまた、女房たち自身の生計の安定のために、時には女主人の気持ちに逆らってでも、男性を招き入れるおせっかいを焼きました。ですから、男性たちはまずはお目当ての姫君の女房の気持ちをつかみ、そこから女主人に接近しようとしたのです。

　こんな具合ですから、女房の仕事は多岐にわたります。主君のために、洗面や食事などの身の回りの世話をするのはもとより、より有力な家から物や情報を手に入れ、人脈を作り、もう一方の家に運ぶ役割も果たしました。和歌の代作、手紙の代筆なども女房の役割でしたし、手紙を届けることもしました。家政婦、家庭教師、恋文の代筆、日用品の調達、郵便配達……、あらゆる雑事が女房の役割ということですが、女房の中でも階層があり、役割はほどほどに分担されていました。その下層にいるのは樋洗童《ひすましわらわ》でしょう。樋洗童は、つまりおトイレ掃除の女の子です。用を足したあとの、おまるの始末をするのが仕事なのです。

女房としても失格か

最後に、宮仕えの失敗談を紹介しておきましょう。

『源氏物語』には、内大臣（もとの頭中将《とうのちゅうじょう》、葵の上《あおいのうえ》の兄）の落し胤《おとしだね》で、近江の君《おうみのきみ》という女の子が出てきます。近江の国で育った女の子で、大人になってから名乗り出てきたのです。時の権力者である父親に会えたというので、お父さんのためなら「大御大壺《おおみおおつぼ》取りもします」、とたいへん張り切っています。「大壺」とは便器のことです。それに、

「大御」と付けて仰々《ぎょうぎょう》しく敬意を払っています。本人は真面目そのものなのですが、周りは噴き出しそうになります。父親の内大臣は「いくらなんでもそこまでしなくていいよ、それより、もう少しゆっくり喋《しゃべ》っておくれ」と笑っています。すると「早口は生まれつきですから」などと答えながら、「母親にもよく叱られました」とぺらぺらと饒舌《じょうぜつ》に答えています。

近江の国は今の滋賀県ですが、京の都から見ると田舎だったわけです。身分の低い母親、つまり劣り腹の、田舎育ちの女の子が、慎み深くなく、ぺらぺらと早口で機関銃のように喋っている、これはどうもあまり品がよくない、ということなのです。ああ、私も気をつけませんと……。

この近江の君は、本当は「姫君」と呼ばれる立場なのですが、宮仕えに憧れて、異母姉妹の弘徽殿女御《こきでんのにょうご》のところに仕えます。弘徽殿女御にお目にかかる前に、まずはお手紙を差し上げねば、というので、だいぶ気張って手紙を書きます。「勿来《なこそ》の関」（今の福島県いわき市）「武蔵野《むさしの》」（今の東京都西部から埼玉県西部）といろいろな地名の和歌を踏まえて、とても気取った文章を書いているつもりなのですが、地名に脈絡がないので、つじつまがあいません。極めつきは添えられた和歌です。「草わかみ常陸《ひたち》の浦のいかが崎《さき》いかであひ見ん田子《たご》の浦波」とあります。直訳しますと、草が若々しいので、常陸の浦のいかが崎で、何とかしてお目にかかりたいです、田子の浦波よ、となりますが、「常陸」は茨城県《いばらきけん》、「いかが崎」は河内《かわち》の国（大阪府南東部）、田子の浦は駿河《するが》の国（静岡県中部・東部）ですから、もうめちゃくちゃです。

これを受け取った女御を始め、周囲の女房たちは皆、大笑いをしてしまいます。それでも返事をしなければがっかりするだろう、というので、中納言という女房が返事の和歌を、「常陸なる駿河の海の須磨《すま》の浦に波立ち出でよ箱崎の松」と詠みました。常陸にあるという、駿河の海にある須磨の浦に波が立つように、どうぞご出仕下さい、箱崎の松、お待ちしています、とでも訳しましょうか。近江の君が詠んだ地名である「常陸」「駿河」に加えて、さらに西に下り、兵庫県の「須磨」と福岡県の「箱崎」を詠みこんだ、という代物です。もちろん当てこすりです。それをいかにも、女御自身が詠んだ歌のように返したので、女御が「恥ずかしいじゃないの」と言いますと、「見る人が見れば、女御様がお書きになったのではないとわかるから、心配ないですよ」と中納言は答えます。しかし近江の君は、女御から「箱崎の松、待つ」というお返事を頂戴した、といって、待ってくださっているのだわ、と本気で喜んでいるのです。笑えるようで笑えない、ちょっと哀れな話です。

宮仕えは、教養やたしなみだけでなく、機転の利いた当意即妙なやりとりを求められるものでした。清少納言は、単にお勉強家だったわけではなく、身についた教養を実際に現場で生かす力が優れていたから華やいだのでしょう。近江の君の振る舞いは、まさしくその対極にあったのです。

ここまで極端ではないにせよ、現実にもちょっと勘違いした女房は、そこここにいたのだろうなあと思うと、また私は、身につまされてしまうのです。

第五章　噂の渦の中で

女房あつまりて、「おまへはかくおはすれば、御幸ひは少なきなり。なでふ女《をんな》か真名書《まなぶみ》は読む。むかしは経読むをだに人は制しき」と、しりうごち言ふを聞きはべるにも、物忌《ものい》みける人の、行末《ゆくすゑ》いのち長かるめるよしども、見えぬためしなりと、言はまほしくはべれど、思ひくまなきやうなり、ことはたさもあり。

（**『紫式部日記』**）

女房が集まって、「うちのご主人様はこんなふうでいらっしゃるから、お幸せには縁遠いのです。なんだって女が漢字の書物を読むでしょう。昔はお経を読むのをだけでも、人は止めましたのに」と、陰口を言うのを聞くにつけましても、縁起をかついだ人で、将来にわたって長命になるような次第は見たことのない話だと、言いたいのですが、そうきっぱり言ってしまうのも思いやりがないようですし、また、女房たちの言い分ももっともなのです。

私事で恐縮ですが、私はテレビを持っていません。もう十数年ほどになります。テレビがあると、ずうっと見ていて、仕事が進まないからです。ちなみに新聞もとっていません。隅から隅まで読まないと捨てられないので、いつまでも部屋の中に残って処分に困るからです。こういう暮らしを始めた当初は、ちょいちょいと出先でテレビを見たり、欲しい時に新聞を買うほかは、情報は主にラジオから得ていました。耳でだけ聞いていると、いろいろと想像が湧いてきます。とはいえ、それなりに情報難民でした。ただ巨大な災害の映像などは、あまり見なくて済みますので、精神衛生上は悪くありませんでした。二〇〇一年のアメリカ同時多発テロなど、ほとんど見ませんでした。最近はもっぱらインターネットから情報をとりますから、全く不自由しないどころか、いつのまにか、テレビや新聞の情報はネットの後追いをするようになり、「旧聞」となりました。この間の変化には、すさまじいものがありました。今は、新聞数社のホームページを比較してチェックしながら、その他の情報を雑多に拾っています。

インターネットでは、テレビや新聞の情報の抜粋もあれば、雑誌の記事もあり、一個人の発信するブログの情報や、さらに出所不明の情報もあります。一般にはそうしたインターネット情報の疑わしさが強調されがちですが、その世界に身を置くと、テレビや新聞の情報のいかがわしさが、実はますます際立ってくるのです。時にはそれが、政府の見解であり、大企業の論理であり、マスメディアに資金を提供する誰かにとっての都合のよい情報であるということ――そういう「大本営発表」とは別の次元で、多分に胡《う》散臭《さんくさ》いデマも含みながら、インターネットの中には、案外、一脈の真実が流れていたりします。

二〇一〇年から一一年にかけてチュニジアで起こった民主化運動、いわゆるジャスミン革命は、新興国諸国に広がりを見せています。これは、インターネットの普及によって、特定の権力者による情報統制が無効になってしまったから広がったのだといいます。そして日本もまた、独裁政権下にある新興国と大差のない情報統制のもとにあることは、二〇一一年三月の福島の原発事故の後、テレビや新聞によってひたすら流された「ただちに影響はない」という報道が、どれほど危機的な現実を隠蔽《いんぺい》していたかを考えれば、もはや誰の目にも明らかになったのではないでしょうか。それは勝てる見込みのない戦争に、大本営発表を信じて出向き、多くの若い命を失った、遠くない過去の歴史の記憶を彷彿《ほうふつ》とさせます。マスコミは、真実を伝えるためだけでなく、時には隠蔽するためにこそ働くものなのです。

事実無根の噂に苦しむ

古代の人々にとって、噂《うわさ》は私たちの想像以上に重要でした。なぜなら、当時はラジオもテレビもインターネットもなく、情報は人の口から口へと伝達されたからです。

清少納言《せいしょうなごん》が仕えた一条天皇中宮定子の一族は、定子の父である藤原道隆《ふじわらのみちたか》の死後、道隆の弟である道長によって没落の憂き目にあったのでした。道隆と道長は、藤原兼家《かねいえ》と時姫との間に生まれた同腹の兄弟で、道長は、道隆の全盛期には友好的に振る舞っていました。しかし、道隆没後には、その息子の伊周《これちか》を失脚させ、定子は出家し、道長の娘の彰子が一条天皇に入内《じゅだい》します。

道隆の没後、清少納言が、しばし定子のもとから里下がりをしていた頃の話が、「殿などのおはしまさで後《のち》」という章段に描かれています。出仕しても、清少納言の姿を見ると周りの女房たちがピタッと話をやめて、その場を立ち去っていく、という具合で、どうやらひそひそと噂されていたのでした。清少納言が道長方に内通しているのではないか、という噂です。嫌になって里に帰った清少納言のもとに、定子からの使者がやってきて、早く出仕するように、という定子の慈愛に満ちたメッセージが届けられる、といったエピソードになっています。

平安時代における善悪の価値基準は、人々の風評にあったといっても過言ではありません。法律はありましたが、法律がそのままに遵守《じゅんしゅ》されるというわけでもなく、かといって、宗教的な戒《いまし》めがどのくらい人々の生き様に影響を与え得ていたのかもいささか不確かな時代でした。結局のところ、その社会集団の中で、周りの人々にどのように見られているか、それが生き方を律する規範だった、といってもよいでしょう。「人笑《ひとわら》へ」「人笑《ひとわら》はれ」などという言葉もあって、世間の物笑いの種になることが、その集団での社会的生命の終わりを意味したのです。

清少納言が本当に道長に内通していたのかどうか、それを確かめる術《すべ》はありませんが、『枕草子《まくらのそうし》』に見られる定子に対する一貫した讃美の姿勢からすれば、事実無根だったと思われます。むしろ定子の清少納言への寵愛《ちょうあい》を妬んだ周囲の誰かが、清少納言の道長方との内通のデマを流すことで、足を引っ張ろうとしたのだろうと考えるのが穏当なのではないでしょうか。しかしあるいは、本当は内通していたからこそ、それを隠すためにこうしたものを記したのだ、という、より穿《うが》った見方をすることもできなくはありません。

噂のことを平安時代の言葉では「世語《よがた》り」と言います。新聞もテレビもなかった当時、「世語り」は、今のマスコミや週刊誌の役割も果たしました。というより、ネット社会になった現代では、ネットの掲示板やツイッターの方が、より近い媒体かもしれません。「世語り」は、人から人へと伝えられるうちに、次第に形を変えて、もはや最初に発信した人の思惑を離れて一人歩きしていきます。そこには、人々の欲望や不安や猜疑《さいぎ》などの感情が加わって、作為的に、無作為的に改変され、その集団にある人々の生き方に強い影響を与えずにはいられないものなのです。

時には情報操作も

紫式部もまた、「世語り」に悩まされた一人でした。『紫式部日記』によれば、「日本《にほん》紀《ぎ》の御局《みつぼね》」とあだ名されて閉口した、といいます。『源氏物語』を人に読ませて聞いていた一条天皇が、この物語の作者は日本紀を読んでいる、と高く評価しました。「日本紀」とは、『日本書紀』を初めとする六国史《りっこくし》のことで、漢文で書かれた日本の歴史書です。天皇にしてみれば、作者の教養の高さを讃えたのでしょうが、それを妬ましく思った周囲の女房たちが、羨望《せんぼう》と嫉妬をこめて皮肉って付けたあだ名だったのでしょう。

当時の女性たちには、和歌の教養を持つことが必須のこととして求められていました。一方、漢文の教養はそれが男性の文化と理解されていたために、女性の参入すべきでない分野と考えられたようでした。しかし、紫式部は、父親の藤原為時《ふじわらのためとき》が漢学者でしたから、幼少の頃から漢文の書物には身近に接してきました。兄弟の惟規《のぶのり》が漢文の書物を学んでいるのを傍で聞きながら、紫式部の方が覚えがよかったために、父親が、この子が男の子だったらどんなにかよかったのにと歎いた、というエピソードも『紫式部日記』の中に描かれています。せっかくの漢文の書物の教養も、女の子では生かすことができないからです。

彰子に仕える女房仲間たちだけでなく、紫式部自身に仕える女房たちでさえ、陰口を叩いていたと言います。「うちのご主人は、なんだって女のくせに漢文なんかお好みなんでしょうね。あんな風だから、せっかく結婚しても夫に先立たれて、幸せに縁遠いお暮らしなのですよ」といった具合です。紫式部の部屋には夫の残した漢文の書物がたくさんあったようで、そうした風景を、『紫式部日記』ではやや自嘲的に描写しています。

ちょっとした漢詩の知識を当意即妙に生かせた清少納言が、定子に評価された事を誇らしげに綴《つづ》ったのとは対照的に、紫式部は自らの漢文の教養を誇るどころか自嘲するしかなかった、その違いは、それぞれの個性にもよるでしょうが、そもそも紫式部の漢文の教養は中国や日本の歴史書の数々にまで及んで図抜けて広く深く、多少の漢詩に通じていた清少納言とは比較にならなかったことにも関わっているのでしょう。

あるいは、清少納言の「我ぼめ」満載の『枕草子』に、紫式部がある種の対抗心を抱いて、意識してより自虐的な描写をした可能性も捨て切れません。定子に仕えた清少納言と、彰子に仕えた紫式部とでは、活躍時期にはややズレがあります。清少納言は紫式部の存在をそれほど意識しなかったでしょうが、紫式部が、定子のもとで華やいだ清少納言を意識していたことは、『紫式部日記』の中で酷評していることからも、よくわかります。だとすると、生半可な漢文の教養など女がひけらかすものではない、というのは、謙遜や自嘲であると同時に自負でもあり、ひそかな清少納言批判であるかもしれないのです。そしてひいては、それぞれの仕える女主人である、定子に対する彰子の優越を訴えようとするものであったかもしれないのです。

何をどのように語るか、そこには、意図するとせざるとにかかわらず、いささかの情報操作が混じります。『枕草子』にせよ、『紫式部日記』にせよ、それはテレビも新聞もない時代の立派なメディアなのでした。そこに、彼女たちのひそかな企みや欲望がなかったとどうして言えましょうか。ひそひそと囁《ささや》かれる女房たちの声の渦の中で、身をすくめるようにして暮らしながら、次第にそれに逆襲する術も体得していったのではないでしょうか。そうした見方に立てば、随想だから、日記だから、といって、そこに書かれたことを丸ごと信用するような読み方は、到底できなくなってくるのです。

後宮の壮絶な争い

宮廷の暮らしの中で、最も過酷な緊張を強いられたのは、天皇の妻妾《さいしょう》たちでしょう。

天皇には、正妻にあたる中宮をはじめ、女御《にょうご》、更衣《こうい》といった格の違う複数の妻妾がいました。表向きは風流を競い、優雅な交流を心がけるのをよしとしていても、ひそかに激烈な競争意識をもって、しのぎを削っていたことは想像に難くありません。

彼女たちの闘争は、一人の男を巡る複数の女の争い、といった体のものではありません。天皇の寵愛を得て、その子供を産み、子孫の繁栄を願うのは、一人の女性としての願望を超えた、実家の一族の繁栄を担った政治的欲望だったからです。女同士の嫉妬劇、ではなく、家の繁栄をかけた権力闘争だったのです。

清少納言は定子に仕え、紫式部や赤染衛門《あかぞめえもん》や和泉式部《いずみしきぶ》は彰子に仕えました。後宮は一見、風流にうつつを抜かす女たちの他愛もないくつろぎの場に見えながら、実はその文化的水準や教養を通して競い合い、帝を少しでも多く訪問させようとしたのです。彼女たちは、そのために定子や彰子の父親に集められ、雇われた才女たちでした。

桐壺帝の後宮

後宮の争いの熾烈《しれつ》さを物語って余りあるのは、『源氏物語』の桐壺巻《きりつぼのまき》の世界です。

光源氏は、桐壺帝と桐壺更衣との間に生を受けた皇子です。桐壺帝は桐壺更衣をことのほかに寵愛していましたが、父親の大納言を亡くしていた更衣には、はかばかしい後ろ盾がありません。しかも桐壺帝にはすでに、早くに入内した右大臣の娘である弘徽殿《こきでんの》女御《にょうご》との間に皇子がいて、弘徽殿女御の存在は無視しがたいものでした。桐壺帝は、弘徽殿女御を重んじる一方で、桐壺更衣への情愛も抑えがたく、周囲の人々が非難の目を向けるまでの有様でした。

そうした中、光源氏が誕生します。玉光るまでの美しい皇子でした。これまでは常軌を逸するほどに桐壺更衣を身辺に侍《はべ》らせていた桐壺帝も、光源氏の誕生後は更衣をもう少し重んじて扱うようになります。それを見ながら、弘徽殿女御はますます焦りを強めるのでした。第一皇子がまだ、皇太子には決定されていなかったからです。桐壺帝に呼ばれて、帝のいる清涼殿《せいりょうでん》に登ろうとする桐壺更衣に、装束の裾が汚れてしまうような汚物をまき散らしたり、あちらとこちらで示し合わせて通り抜けできないように閉じ込めたり、といった意地悪が続きました。その心労から、桐壺更衣は病がちになり、まだ光源氏が三歳の年に、亡くなってしまいます。

『源氏物語』の冒頭に描かれた、こうした後宮の女たちの争いを、ただの女の嫉妬劇として読むわけにはいきません。第一皇子の母である弘徽殿女御には、息子が東宮、つまり皇太子になることが至上の課題です。息子が東宮になり、やがて天皇の位につけば、実母の実家である右大臣家が格別に重んじられ、権力を握ることは疑いないからです。そういう実家の命運を担っている弘徽殿女御が、大納言の娘程度の女に負けるわけにはいかない、と考えるのは道理といえましょう。むしろ、家の格の順を無視してまで桐壺更衣を寵愛した桐壺帝の方が、常識を欠いていた、といっても過言ではありません。

桐壺帝はなぜ、そこまでして桐壺更衣を寵愛したのでしょうか。それを純愛だと捉える事もできます。家と家との力関係を無視しても貫きたい、純粋な愛の物語、といった理解です。たいへん夢のある読み方ですね。しかし、もう一つには、桐壺更衣を寵愛することで、桐壺帝が右大臣家の権力拡大を牽制《けんせい》し、自らが政治の主導権を握ろうとしたためだ、と見ることもできます。こうなってきますと、桐壺更衣寵愛も、政治の一つの方便だったことになります。生臭い読み方で、夢はありませんが、それなりの説得力も感じます。

物語の理解には、正解はありません。古典と呼ばれるものほど、多様な解釈を深く抱きとめるものです。ですから、さまざまな解釈の可能性を試し、模索すればよいのです。そうした中で、物事の背後にあるさまざまな事情を忖度《そんたく》する想像力がついてきます。それは、テレビや新聞の報道について、なぜそのように報道されているのか、誰がこの報道によって利益を得るのか、といった批評の目を鍛えることにもなります。インターネットで流されている、玉石混淆《ぎょくせきこんこう》の情報の中で、何が真相に近いのかを見極められる眼を養うことに通じます。

桐壺帝がなぜ桐壺更衣を寵愛したのか、多様な解釈の可能性を探ってみましょう。そして自由に議論してみましょう。それは、当面私たちの現実に関わることはありません。しかし、想像力や洞察力を鍛える訓練にはなります。今日の報道の真偽を見抜けるかどうかは、もしかすると明日の私たちの命に関わることかもしれません。そういう切迫したところに、私たちは立ち始めているのかもしれないのです。

第六章　宮仕えと地方赴任の悲哀

このはじめの男は、このもたりける男をぞ、いみじくあたみて、よろづのたいだいしきことを、もののをりごとに、帝のなめしと思《おぼ》すばかりのことを作り出《い》だしつつ、聞こえそこなひけるあひだに、この男はた宮仕《みやづか》へをば苦しきことにして、ただ逍遥《せうえう》をのみして、衛府司《ゑふづかさ》にて、宮仕へも仕うまつらずといふこと出できて、官《つかさ》とらせたまへば、……

（『平中物語《へいちゆうものがたり》』初段）

この最初に女に求愛した男は、後から求愛して結局女を射止めた男を、ひどく憎んで、あらゆるけしからんことを、機会あるごとに、帝が無礼だとお思いになるほどのことを繰り返し捏《ねっ》造《ぞう》しては、中傷をお耳に入れ申しあげたそのうちに、この男もまた宮仕えを苦しい事に思って、ただぶらぶらと遊び歩いているばかりで、衛府司の役人であるのに真面目に仕えていないということになって、帝は官職をお取りあげになったので、……

平安時代の男性の代表というと、藤原道長《ふじわらのみちなが》などといった歴史上の人物の名前と同時に、実在の人物でもないのに、どうしても光源氏が挙がってきます。この評価は人によって様々です。「いいなあ、何人も奥さんを持ってハーレムみたいだよなあ、俺もそういう時代に生まれたかったよなあ」などというのは、比較的世代が上の方でして。男子大学生は、同じ教室の女子学生に憚《はばか》ってか、「えーっ、時代が違いますしねえ」と目だけはキラキラさせながら、内心の興味を抑えてやや控えめ。かたや女子学生はというと、「光源氏なんて不潔ですよね、嫌いです」ときっぱり。おまけに文学部の同僚にまで、「光源氏みたいな好色で、不埒《ふらち》な男を書いた物語が、日本の古典の代表だなんて、恥ずかしくないいんですか？　いったいどこがいいんですか？」と白い眼で見られる私。なんだかとっても立場が悪いみたい……。開き直って「究極の少子化対策は、一夫多妻ＯＫにすることです」などと言っては、さらに大変顰蹙《ひんしゅく》を買ったりするのです。

男たちの多忙な家族経営

「家」を守る、といった意識は、現在ではかなり薄れてしまいました。しかしそれが大切な使命だった時代には、複数の女性と関わることは必須だったと言えましょう。時には病の流行で一気に命を奪われる時代、子だくさんでなければ、あっという間に家系が絶えてしまうかもしれないからです。出産に多くの危険が伴い、それを機に亡くなる女性も多かったことを考えれば、複数の女性と関わって多くの出産の可能性を確保することは、家を維持しなければならない男にとって、大事な務めだったのです。

『蜻蛉日記《かげろうにっき》』の筆者の夫、藤原兼家《かねいえ》は、筆者との間に道綱《みちつな》という子供ができ、その出産後まもなく、別の女性に通い始めます。「町の小路《こうじ》の女」と呼ばれる女です。一時は大変兼家にもてはやされ、寵愛《ちょうあい》されていたこの女も、出産の後は兼家の通いが遠のき、さらに追い討ちをかけるように、あまり時を経ないで子供が亡くなります。出産育児が夫婦関係の転換点になるのは、もしかすると男の本性に関わるのかもしれず、現代でもちらほら耳にする話ですが、この時代の場合には、やはり子をなすことで一定の役割を終えた関係だ、という意識もあったのでしょう。

しかし兼家は、嫉妬のあまりに不平不満でいっぱいの道綱母《みちつなのはは》の機嫌を取るのに四苦八苦していますから、道綱母と別れるつもりはなさそうに見えます。というのも、道綱母は、和歌が上手なうえに、裁縫にもとても優れた才能をもっていました。そうした意味で、兼家にとって道綱母は、役に立つ存在だったに違いありません。道綱母がかなり気の強い女性だったことから、取りなすのに相当に苦労しているように見えますが、二人のやりとりは機知に富んでいて決して不仲な夫婦には見えません。一方、「町の小路の女」は、裁縫が不得手で、仕立物が出来なくて困っていた様子でした。また、兼家の正妻となる時姫は、男女の子供がたくさんおり、女の子は入内《じゅだい》をし、男の子は家を継ぎました。この日記中だけでも兼家には時期をずらして数人の女性がいたようですが、子だくさんの正妻と、裁縫や和歌のうまい道綱母と、さらにその他、といった具合に、一定の役割分担の中で、兼家と妻妾《さいしょう》たちとの関係は成り立っていたといえます。

複数の妻を抱えて、相互の不満を適当にいなしながら、調和的な暮らしを維持するのは並大抵のことではないでしょう。それができてこそ家長が務まるというのでしたら、これも一種の才能が求められるところかもしれません。

『源氏物語』に出てくる光源氏の息子の夕霧には、二人の妻がいます。一人は、幼馴染《おさななじみ》で一緒になった雲居雁《くもいのかり》、かつて太政大臣《だじょうだいじん》(もとの頭中将《とうのちゅうじょう》)であった政治的な実力者の娘です。もう一人は、のちに求愛して一緒になった柏木の未亡人の落葉宮《おちばのみや》で、朱雀院《すざくいん》という高貴な人の娘です。両手に華とはいえ、いずれも疎略にはできない相手で、なかなか厄介ですね。そこで、これは現実でないフィクションだからできるのでしょうが、二人の妻のもとに月の半分ずつ通うことに決めました。なんだか馬鹿げた生真面目さですけれども、そのように決めることで、起こるかもしれないトラブルを事前に回避したのです。自分の気分を超えて両方の女のもとに等分の日数通うことは、かなり理性的に感情を律した行動ですね。好き嫌いを超えた、仕事としての通い、とも言えましょうか。こうなってくると、単純に羨《うらや》ましいなんて言える代物《しろもの》ではなくなってきます。

夕霧はそのほかにも、光源氏の随身《ずいじん》だった惟光《これみつ》の娘とも関係を持っています。子供もたくさんいるのですが、惟光の娘自身は身分が格下ですから、はかばかしい処遇は受けていない様子です。その惟光の娘との間に生まれた子供は、夕霧の養母である花散里や、高貴な育ちの落葉宮の養女となっています。身分の低い惟光の娘から生まれた子供を格上げする意味でも、落葉宮の存在は、夕霧にとっては大事な存在だったのです。

夕霧の家では、子だくさんで藤原氏の権勢家の娘である雲居雁と、子供はいないが血筋がよく身分も教養も高い落葉宮、やや身分は劣るものの子だくさんの惟光の娘と、この三人の女性がそれぞれの立場に応じた役割を分担している、と言えましょう。

男たちのハードな毎日

このように考えますと、複数の妻妾を抱えた上流貴族は、言ってみれば小さな自営業を営んでいる社長さんのような感じだともいえましょうか。その家には、家司《けいし》や女房といった仕える者たちがいますし、身分が高くなればそれに応じて社交を求めてくる人々も増えます。ですから、たくさんの人々の集う場をいかに管理し円滑に運営するかという意味で、ずいぶんと能力を求められたはずです。当然妻にも、その役割の一端を担う事が期待されました。子供の数や血筋の高さだけでなく、本人の知性や教養はもちろん、和歌や裁縫の上手な女房たちを品よくまとめあげる統率力も必要だったのです。

それでは、このように複数の女と関われる男たちは、よほど暇だったのかというと、どうやら全くそうではないようです。平安文学に登場する男たちは、今風に言えば官僚や役人に相当しますが、現実にはかなり多忙だった様子です。日本中世史の研究者、高《たか》橋秀樹《はしひでき》氏によりますと、たとえば能書家で知られる藤原行成《ふじわらのゆきなり》が蔵人頭《くろうどのとう》であった頃は、勤務日は月に二十五〜二十七日くらい、内裏《だいり》と左大臣藤原道長の邸《やしき》などを往復して、終日自宅にいられるのは月に二、三日、そのほか物忌みの日や親の忌日《きにち》などに限られたといいます。勤務の中には、連日の内裏での宿直《とのい》や、明け方から深夜までの長時間勤務もあったようで、かなり忙しいですね。日常の公務だけでなく、年中行事といった宮中での儀式、権力者が催す歌会などの宴席には参加しなければなりませんから、相当に過酷な毎日だったことでしょう。

こんな風では、体力的にもかなりハードだったのではとご心配される向きもあります。カルチャーセンターの平安文学の講座に話しに行きますと、受講しにきている年配の男性から、「何を食べていたんでしょう、持つんでしょうか?」なんて、真面目な顔をして聞かれたりします。食事は一般に平安中期までは朝夕二回だったとされていますが、ほかに間食めいた軽食を食べていたかもしれませんね、食事は主に米の飯（粥《かゆ》やご飯）、野菜、魚介類、鳥類などですね、鹿や猪《いのしし》の肉なども滋養のために食べていたようですが、いつもではないでしょう、などと答えますと、「へーっ」と不思議そうな顔をされます。

こんなわけですから、最初はしげしげと通ってきていた男も、相手の女性になじんでくると次第に億劫《おっくう》になるのも、やむを得なかったかもしれません。いえいえ、仕事のせいでも食べ物のせいでもなく、そもそもワクワクできる恋愛の持続期間は、一般に数年程度のものなのでしょう。やがて正妻と同居するようになり、そのほかの女性には次第に足が遠のく、そうした中で、夫が通ってこなくなった妻はひたすら待ち続ける孤独な時間を過ごす、まさにその代表といえるのが『蜻蛉日記』の世界なのです。ですから夕霧の話は、物語の中に作られた理想の姿だったと言ってよいでしょう。

出世には人脈が大事

全国に支店のある大手の企業では、今でも若い頃は地方を転々とし、やがてほどほどの年齢になると本社勤務になる、といった具合なのでしょうか。現在では若手から中堅の時代に海外勤務、というパターンもあるかもしれませんね。国内産業、ことにメーカーは、どんどん生産の拠点を海外に移していますから、海外勤務は苦手です、なんて言っていると、就職すること自体が難しい時代に入っているのかもしれません。

平安時代の貴族たちは、転勤族です。といっても、有力な家の息子たちは、都を出ることなく、スイスイと出世していきます。一方、中流貴族の場合は、地方勤務を重ねながら、徐々に這《は》い上がっていくしかありません。こうした地方の国守となって赴任する人たちのことを、受領《ずりよう》と言いました。

それでも都の周辺地域へは、比較的有力者たちが赴任します。遠くであればあるほど、条件の悪い話でした。とはいえ都を出て地方で暮らす期間は、役得にも恵まれたのです。というのは、現地に行って統治する中で、勝手に増税をして個人的な財産を築き、その財力でもって都に帰って大きな邸宅を構えたりすることができたからです。一方、赴任した先の土地で土着してしまう者もいました。そうした役得を目当てに、有力な国の受領になろうと、摂関家などの権力者に付け届けをして、よい人事を計らってもらえるように取り入ったりもしました。

『源氏物語』には、光源氏の父親の桐壺院《きりつぼいん》が亡くなった後、光源氏のもとに新年の挨拶に訪れる人がめっきり減って、すっかり寂《さび》れてしまった、というくだりがあります。この時点で光源氏は二十四歳くらいですから、それ以前の光源氏、つまり今の高校生か大学生ぐらいにでも気に入られれば、出世できると人々は思っていたわけです。すごいですね。実際、作中では、光源氏が一夜だけ関係を持った空蝉《うつせみ》という女の弟は、姉との間の手紙の使いをすることで光源氏に気に入られ、その力で宮仕えをさせてもらっています。

昇任人事は「除目《じもく》」といって春と秋との、年に二回行われました。春の除目は「県《あがた》召《めし》」といって主に国司などの地方の官吏を任命、秋の除目は「司召《つかさめし》」といって京の官吏を任命しました。これはかなりの関心事だったようです。『源氏物語』で光源氏の最初の正妻の葵《あおい》の上《うえ》が亡くなったのは、ちょうど秋の司召のために家の者がみな出仕して不在になったからだ、となっています。出産したばかりのまだ不安定な体の葵の上をおいてでも、皆そわそわと出仕したのです。

転勤は都落ちか、出世へのパスポートか？

上流貴族の家でさえそんな具合ですから、中流貴族にとっての昇進はどれほど切実だったことでしょうか。ですから中流貴族にとって、地方への赴任は、家の繁栄のためのステップという意味では、一応晴れがましいことでした。とはいえ、実際赴任する者の思いがいかほど複雑であったか、察するに余りあります。

『土佐日記《とさにっき》』は、筆者の紀貫之《きのつらゆき》が、おそらくは六十歳を過ぎた頃、土佐の国、現在の高知県の国守としての任務を終えて都に戻るまでの船旅の道程を日記体で描いたものですが、土佐の国に赴任していた最中に亡くなった女の子への哀切な思いに満ちています。女の子の死はフィクションだという説もあるにせよ、地方赴任が往々にしてその人生に、人間関係に、さまざまな影をもたらしただろうことは、容易に想像できます。

『更級日記《さらしなにっき》』は、筆者である菅原孝標女《すがわらのたかすえのむすめ》が十三歳になる年に、父親の赴任先の上総《かずさ》の国、現在の千葉県から上京する旅の様子が描かれています。しかし、この赴任には筆者の実母はついて行っておらず、別の妻すなわち、継母《ままはは》が同行しています。この継母には愛着があったらしく、都に帰った筆者が実母と暮らすようになっても、風流な和歌を交わすなどしています。どうやら筆者を和歌や物語に目覚めさせたのは、この継母だったようです。その後、閑職だった父親は、晩年に常陸《ひたち》の国（今の茨城《いばらき》県北・東部）に赴任していますが、これには筆者も筆者の実母も同行していません。すでに父親が六十代だったことや、赴任先の遠さのためもあって、この赴任は幸せなこととしては描かれていません。「われも人も宿世《すくせ》のつたなかりければ、ありありてかくはるかなる国になりにたり」と、やっと手に入れた職がこのような地方赴任だった、ということへの父親の痛恨の思いが、日記には綴《つづ》られています。このように、父親の二度の赴任によって翻弄される家族のありようが、透けて見えてきます。

ですから、さらに身分が高い人が都を出るとなれば、どれほどつらかったことでしょうか。右大臣にまで上った菅原道真《すがわらのみちざね》が、大宰権帥《だざいのごんのそち》になって左遷され、その地で没したのは有名な史実です。時の権勢家であった藤原時平《ふじわらのときひら》の画策によるものともされるところですが。

そういえば、『平中物語《へいちゅうものがたり》』に見られる平貞文《たいらのさだふん》も、初段によると、女をめぐって他の男の恨みを買って、帝にあらぬ告げ口をされて官職を奪われた、という話になっています。ことの経緯が歴史的事実かどうかは不確かであるにせよ、官職の剝奪《はくだつ》などという当人にとっては切実な重大事が、人間関係から波及して起こってしまうところには、彼らの置かれている社会的な立場の不確かさが暗示されています。

起死回生の復活劇

さて最後に、『源氏物語』で光源氏が須磨《すま》に下る話を、ご紹介しておきましょう。

光源氏の父親の桐壺院が亡くなりますと、光源氏の兄の朱雀帝とその母親の弘徽殿大后《こきでんのたいこう》が実権を握るようになります。光源氏は、弘徽殿大后の妹で、朱雀帝の寵愛する朧月夜《おぼろづきよ》と密会を重ねた挙句に、とうとう都にいられなくなって須磨の地に下ることになります。光源氏は、朝廷からの命令で官職を召し上げられるよりは、と自ら返上して、いわば自発的な退去をします。今風に言えば、免職になる前に依願退職という形を取ってやめた、といった感じでしょうか。この時、日ごろ光源氏に親しく仕えていた右近将監《うこんのじょう》の蔵人《くろうど》は、官位を取り上げられてしまったので、やむなく供の一行に加わっています。本人は何も悪い事をしていなくても、光源氏に連座して失職したのです。これでは、たまったものではありませんね。

さて、光源氏は須磨の地で暴風雨にあった果てに、明石《あかし》の地まで落ち延びていきます。須磨と明石とはともに兵庫県の瀬戸内海沿岸で、今のＪＲ快速電車では十分余りの距離ですが、当時は摂津《せっつ》の国と播磨《はりま》の国の境界線を越えることになりました。摂津の国は畿《き》内《ない》、播磨の国は畿外《きがい》だったので、光源氏はいっそううらぶれた気持ちになったことでしょう。その地で巡り合ったのが明石の入道の一族でした。

明石の入道とは、播磨の国の元の国守で、都にも戻らずこの地に住み着き、ただ夢のお告げ通りに、娘が高貴な人と結婚する事だけを願って、出家者として暮らしていました。まさに蓄財のために都への帰還の可能性を放棄し、ひたすら明石の地に暮らした人物です。そして、光源氏と娘の明石の君との間に生まれてきた明石の姫君にすべての財を投入、やがて姫君は入内《じゅだい》し、東宮となる子を産みます。とはいえ、明石の入道が偏屈で頑固な人物として描かれていることからしても、当時の受領たちの標準的な生き方ではなかったのでしょう。ただ、自らの家筋から皇太子が出るのが、当時の貴族たちの究極の夢だったことがわかります。

光源氏は、二年余りの後に、朱雀帝によって都に呼び戻されます。すると、須磨明石の地で苦楽をともにした者たちを厚遇しました。右近将監の蔵人で、官職を剝奪された男も復職し、たいへん晴れがましい思いをしたのでした。

政争のために地方に下ることを余儀なくされた権勢家も、もちろん悲劇的ですが、それとともに都を離れるしかなくなった、仕える者たちの悲哀は、いかばかりであったことでしょうか。自分の運命を、まるまる上役に委ねるしかない理不尽さ。そうした理不尽な宿命に翻弄されることからいかにして脱却するか。そこに、明石の入道のような、強烈な個性を持った人物が生み出されてくるのです。

朝廷の命じるままに、その歯車の一つであることを宿命だと諦めて転々とし続けるか、はたまた、それをよしとせず、いっそ地方の財を頼りに独立して起死回生を図ろうとするか――、それは今日《こんにち》、大企業の中でうだつの上がらない一社員であることを脱して、ベンチャー企業を立ち上げようとする姿にどこか似ているかもしれません。ことに動乱の時代には、それはとんでもない没落と紙一重に、思いがけない成功や繁栄への近道にもなり得るものなのです。

第三部　幸せな結婚を夢見て

タチバナ

第七章　かなわぬ恋の末路

葦屋《あしのや》の菟原処女《うなひをとめ》の奥《おく》つ城《き》を行《ゆ》き来《く》と見れば音《ね》のみし泣かゆ
墓の上《うへ》の木《こ》の枝《え》なびけり聞きしごと千沼壮士《ちぬをとこ》にし依《よ》りにけらしも
（『万葉集《まんようしゅう》』巻九・高橋虫麻呂《たかはしのむしまろ》）

葦屋の菟原処女の墓を行き来するたびに見ると、ただ声を上げて泣かれてしまう。
墓の上の木の枝が、靡《なび》いている。やはり聞いていた通り、千沼壮士に心を寄せていたのだろう。

古典の恋の物語には、男女が死んでしまう悲しい物語がたいへん多く見られます。しかし現実の生活の中で、恋のために命を捨てる人はたまにはいるでしょうが、さほど多くはありません。それでは、昔の人は今より純情だったから、みんな死んじゃったんだ、と思いますか？

平安時代の和歌集である『古今和歌集』を見ると、恋の喜びを歌った和歌などほとんどなく、見ぬ人への憧れ、逢えない苦しみ、恋を失った空虚さなど、悲しみや苦しみばかりが歌われています。彼らは私たちよりもずっと、悲観主義者だったのでしょうか。

いえいえ、おそらくここにはきっと、何らかのからくりがあるはずです。

女をかき抱いて逃げる男

恋に苦しむ人々といっても、平安時代の物語に登場するのは、実らぬ恋にうじうじと悩んで何もできない男たちではありません。どうせかなわぬ恋ならば、かっさらって逃亡しよう、という逞《たくま》しい男たちも登場します。

『伊勢物語《いせものがたり》』六段に、「芥河《あくたがわ》」と呼ばれる話があります。教科書などで読んでご存知の

「伊勢物語図色紙芥河図」（伝俵屋宗達《たわらやそうたつ》筆）

方もいらっしゃるでしょうか。

　昔、男が、簡単には手に入らない身分高い女性に思いを傾けていました。何年も求愛し続けていましたが、とうとう盗み出して、女を連れて背負って逃げます。暗い道を逃げていく途上、芥河のあたりまで来ると、女は草の上に宿った露を見て、「かれは何ぞ」、あれはなあに？　と問いかけます。男はただ夜もふけたものだから、何も答えずに、先を急ごうとします。雷がごろごろと鳴って雨がひどく降るので、荒れた蔵の奥に女を入れて、自分は弓や胡簶《やなぐい》（矢を入れる入れ物）を身につけて守りを固めて、早く夜が明けてほしいと願って過ごしていました。ようやく夜が明けてほっとしたところ、女の姿はなくなっているではありませんか！　女は「あなや」と叫んだけれども雷の音で聞えなかったのです。地団太を踏んで男は悔しがるけれども、もはや後の祭りだった、といった顛末《てんまつ》です。

男は「白玉か何ぞと人の問ひし時つゆとこたへて消《き》えなましものを」、白玉ですか何ですか、とあの人が問いかけた時に、それは露ですよ、と答えてそのまま露のように、私も消えてしまえばよかったのに、と和歌を絶唱した、といいます。この女は、実は二条后《にじょうのきさき》と呼ばれる藤原高子《ふじわらのたかいこ》で、女の兄である藤原基経《ふじわらのもとつね》・国経《くにつね》が連れ戻しに来たのだ、という落ちが付いて物語は終わっています。

この話が、どうしてしばしば教科書に取り上げられているのか。そうです、第一章の垣間見《かいまみ》の話からして察しのよい皆さんなら、すぐにおわかりですね。そう、これもまた古典文学の典型的なパターンの一つなのです。男が高貴な女を盗んで逃亡するが、やがて女が死ぬなり何なりといった形で悲しい結末を迎える、というパターンです。これは当時大変人気だったのか、似たお話は、ほかにもたくさん見受けられます。

たとえば『大和物語《やまとものがたり》』一五五段の、「安積山《あさかやま》」の話も有名です。大納言《だいなごん》に仕える内舎人《うどねり》が、どういうわけか大納言の姫君の顔を見て、恋焦がれてしまいます。どうしてもお耳に入れたいことがあります、と口説き続けた挙句、ついに連れ出して逃亡したのでした。追っ手をやり過ごし、姫君とともに、陸奥《むつ》の国、今の福島県の安積山で粗末な庵に住むようになり、やがて女は身重になります。と、食料を求めに出た男が何日も帰らないので、不安を募らせた女が山の湧き水まで来てみると、大納言家でかしずかれていた頃とは似ても似つかない、自分の姿が水に映っているではありませんか。女は鏡もなかったので、この地に来てから化粧もせず、髪もボサボサになっていた、その自分の姿に驚いたのです。女は、「いと恥ずかし」と思って——ここが大事ですね。恥ずかしい、ということは男の眼を意識した、ということですから、この誘拐犯の男に惚れてしまっているわけです——、そのまま男を想いながら、和歌を残して死んでしまいます。「安積山影《かげ》さへ見《み》ゆる山《やま》の井《ゐ》の浅《あさ》くは人を思ふものかは」という和歌でした。安積山の姿が映る山の湧き水が浅いのと同じように、あなたを浅く思っているでしょうか、いえそんなことはありません、深くお慕いしています、といった意味の歌です。戻ってきた男は嘆き悲しんで、その傍らに臥《ふ》して死んでしまうのです。

かなわぬ恋が死をもって結晶する、というのは、世界的によく見られるパターンです。

『ロミオとジュリエット』『トリスタンとイゾルデ』、いずれも最後は死ぬではありませんか。とはいえ、せっかく落ち延びて、もはや追っ手も来ないのに、なぜこの男女が死なねばならないのか、不思議と言えば不思議ですね。

ここには、姫君を盗んだ誘拐犯が、姫君と幸せに暮らしていたのでは具合が悪い、都の社会の掟《おきて》に背いたものは葬らねばならないという、貴族社会の論理が見え隠れしています。というのは、同じように女を盗んで逃げた男の話でも、これとは反対に、地方に言い伝えられている場合は、むしろ生き延びて子孫が繁栄する、といった結末になっているからです。

『更級日記《さらしなにっき》』に紹介されている竹芝《たけしば》伝説は、この日記の筆者である菅原孝標女《すがわらのたかすえのむすめ》が、父の赴任先の東国から上京する途上で聞き集めた武蔵の国（今の東京都・埼玉県・神奈川県の一部）の伝承です。この竹芝伝説も、これまでの話と同様に、男が身分の高い娘を盗んで逃げるのですが、二人は追っ手から逃げ延びて、その二人の間の子孫が、現在のその土地の支配者だという結末になっているのです。高貴な人々の子孫が現在の支配者だ、立派な先祖を持っているのだ、という形で、その地方の権勢家の支配が正統であることを説得するのです。これは、竹芝伝説が、筆者が東国から都に上る途上、現地で採集した説話だからなのでしょう。盗まれた女性も帝の娘で、しかも、娘の方から男に心を寄せて、自分を連れて逃げてくれるように語りかけるなど、これまでの類似のパターンに比べて、格段に女は高貴な上に積極的です。それは、この伝承が決して都の側ではなく、地方の側から描かれたものだからなのでしょう。

だとすると、『大和物語』一五五段では、姫君の妊娠と死とがさりげなく一緒に語られるところに勘所があるのだと考えられます。高貴な姫君に、身分の卑しい内舎人との間の子を産ませ、子孫を残させてはいけない――おそらくそれが、都の側から語る場合の論理だったのです。

和歌とストーリーの出会い

このように男が女を盗んで逃げる話が、古典文学の一つのパターンであることを知ってしまうと、どうやらこれらは実話ではなさそうだ、ということに気付かされることにもなります。

そもそも、先の安積山の話に出てくる和歌「安積山影さへ見ゆる山の井の浅くは人を思ふものかは」は、平安時代には大変有名だったようです。「手習いの歌」とも言われ、お習字のお稽古の際に子供が最初に親しむ和歌であったのだと、『古今集』の仮名序に書かれています。しかし、そこには、この女を連れて逃げる話とはまったく異なる、別の事情が説明されているのです。陸奥《むつ》の地に遣わされた葛城王《かづらきのおおきみ》が、現地の役人の接待が疎略で機嫌を悪くした、それを、同席していた采女《うねめ》がなだめて詠んだ歌だ、ということになっているのです。これと同様の経緯は、『万葉集』巻十六に載るよく似た歌の場合にも説明されていて、どちらかと言えばこちらの方がまだしも、真相に近いのではないかと思われます。

この和歌が、なぜ男の逃亡の話の歌となったのか、その事情はわかりかねます。ただ、この「安積山」の歌が非常に有名で、同時に、女を盗んで逃げる男の話も大変好まれるストーリーだった、そこで、二つのものを一つにしようと、文学的創造力を逞しくした人たちがいたのではないでしょうか。古代の物語はこのように、時として不思議な偶然によって、見事に昇華した美しい形に結晶するものなのです。

それは、容易には手に入れがたい、憧れの美しい姫君を連れて逃げたい、という男たちの願望であると同時に、白馬に乗った王子様よろしく誰かが現れて、今のこの退屈な日常から一緒に逃げ出してくれたら、という、女たちのひそやかな願望の所産でもあったのはないでしょうか。

美しく感動的な時間は長くは続かない、それは『古今集』の恋の歌が悲しみや苦しみに満ちていることからもわかるのです。いえ、恋を失って余情に浸れる方が、まだしも美しいかもしれません。長く連れ添えば、夫は浮気を重ねるか、寝てばかりのぐうたら亭主になり、妻は妻で、グルメに走ってぶくぶく太るか、口うるさい古女房になってしまうのが現実なのです。その、退屈な惰性の、耐えがたい日常に堕《お》ちていくことなく、美しいままの形でとどめるためには、感動の頂点で終止符を打つよりほかに術はない、したがって死をもって結晶させる――これは恋愛物語の法則なのだといえましょう。

二人の男に愛される贅沢な不幸

私にはおよそ無縁ですが、世間には、もて過ぎて困る、という贅沢《ぜいたく》な不幸もあります。

神戸市の東寄りの海沿いの灘《なだ》区、東灘区の海岸近くには、処女塚《おとめづか》と、二つの求塚《もとめづか》の地が残っています。現在は、処女塚と西求女塚《にしもとめづか》が公園になっています。

そのお話とは、こういうものです。葦屋《あしのや》に菟原処女《うないおとめ》といわれる少女がいました。この子がたいそう可愛らしいと評判で、男たちは心を寄せ求婚したというのです。なかでもとりわけ熱心だったのは二人――菟原壮士《うないおとこ》と、千沼壮士《ちぬおとこ》でした。いずれ劣らぬ情熱で、互いに太刀を取り、弓矢を取って、闘い交わしますが決着が付きません。困惑した菟原処女が、賤《いや》しい私のために男の方が争うようでは、生きていても結婚できないでしょう、と母に言って、自らの死をもって決着させようとします。すると、二人の男はともに後を追います。亡くなった三人は、菟原処女を真ん中に、二人の男は両脇に埋められた、というのです。なるほど、処女塚を挟んで、二つの求塚があるわけです。といっても、もともとこのお話とは無関係な、もっと古い時代の古墳らしいのですけれども。

これは、『万葉集』巻九（一八〇九番歌）の高橋虫麻呂《たかはしのむしまろ》の長歌に基づいて紹介しましたが、似た話が他にもあれこれ残っています。同じく神戸市付近を舞台にした話もありますし、そのほか、千葉県市川市のあたりでは、真間《まま》の手児奈《てごな》の伝承として有名だったよ

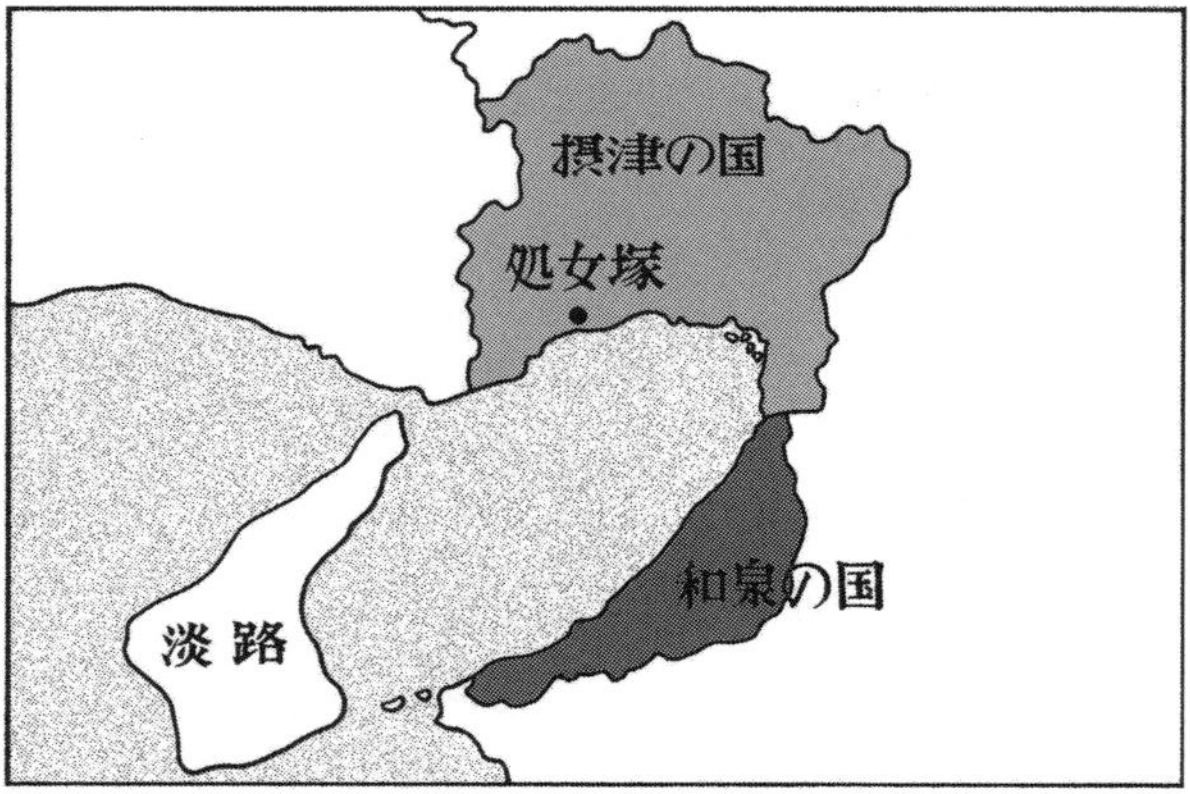

摂津の国（菟原壮士《うないおとこ》・菟原処女《うないおとめ》）・和泉の国（千沼壮士《ちぬおとこ》）

うです。全国各地にモテモテの美少女がいたのかもしれませんが、まあ普通に考えればもちろん不自然です。かつて一世を風靡《ふうび》した、何丁目の四つ角に口裂け女が出たとか、学校のトイレに女の子の霊が出る、とかいった話が、全国各地どこでも噂《うわさ》されるのと似ているかもしれません。口伝えの伝承の型に、ご当地のそれらしい地名と人物の細かい設定が工夫されて、もっともらしい話に仕立てられた、といった手合いのものなのです。

といっても、この菟原処女の話を、口裂け女などの都市伝説と単純に同一視するわけにはいきません。実は、菟原処女を巡る二人の男の争いについては、女は千沼壮士に心を寄せていたので、死後、墓の上の木の枝がそちらに靡《なび》いているのだ、と歌った歌がありま す。『万葉集』の先程の長歌に添えられた反歌、一八一一番歌です。「千沼壮士」の「千沼」とは和泉《いずみ》の国、今の大阪府南部の地名です。「菟原壮士」は「菟原」がおそらく地名ですから、明らかに摂津《せっつ》の国の男で、「菟原処女」と同郷だったらしいのとは区別されているのです。そうすると、ここには結婚を巡る共同体の問題――同じ国の者との結婚か、他国の者との結婚か、といった現実的な問題が感じられてくるのです。

貧しき者の切なる夢

実は、この菟原処女説話の、平安朝バージョンともいえる『大和物語』一四七段に見える生田川《いくたがわ》伝説は、この伝承がさらなる問題を孕《はら》んでいることを暗示しています。

生田川、とは今の神戸市の街中を流れる川で、先程の菟原処女の舞台となった灘のあたりより、やや西に舞台を移しています。その生田川のほとりに「平張《ひらば》り」の家があり、美しい女の子がいた、という話です。その女の子に、「うばら」と「ちぬ」という姓の二人の男が求婚し、ともに愛情のほども勝るとも劣らず、甲乙付け難かった、贈り物まで同じように持ってきたというのです。今風に言えば、さしずめヴィトンのバッグやグッチの財布を持ってきたのでしょうか。女の子の親は、困ってしまいました。——いいじゃないですか、もらっておけば。別に困ることないでしょうに、と私は思うのですが——、困った女の子の親が、やはりどちらかに決めるべし、というので、川の水鳥を射止めた方と結婚しよう、ということになりました。ところが、一人の男は水鳥の頭を、いま一人の男は水鳥の尾を見事に射止め、決着が付かない。女の子は、困惑しきって「づぶり」と川に飛び込んだ、すると、男たちは、遅れじとばかりに後を追って川に飛び込んで、一人の男は女の足をとらえ、いま一人の男は女の手をとらえて、結局三人とも死んだ、というお話になっています。

この女の子が死ぬ前に詠んだ和歌が、「住みわびぬ我が身投げてむ津《つ》の国の生田《いくた》の川は名《な》のみなりけり」というものです。もう生きるに生きかねます、身を投げて川に飛び込んでしまいましょう、摂津《せっつ》の国の生田川は、「生《い》く」という名前だけれど、そんなのは名前ばっかりで評判倒れだったのですわ、という意味です。「生田川」と「生く」との掛詞が落ちになっていますので、ここに話を落とすために、この物語の舞台は「生田川」のほとりということになったのでしょうね。『万葉集』の虫麻呂の伝承の処女塚の場所よりもちょっと西に振れている、なんてことはどうでもよくて、まあそういう意味では、「生田川」が現在の生田川を指しているかどうかも、怪しい気もしますが。

さて、この『大和物語』のバージョンでも、二人の求婚者は「うばら」すなわち同郷の男と、「ちぬ」という他国の男、ということになっています。しかも、「ちぬ」の男は他国の者だから、というので墓をこの地に作ることに反対された、そこで「ちぬ」の男の両親は、和泉の国から土を運んで、息子をこの地に埋めた、というのですから、やはりここには壮絶な氏族間抗争が想像されるのです。

私がもう一つ気になっているのは、この女の住まいが川縁《かわべり》の平張りの家であることです。平張りとは、天井が平らなテント状の家のことで、間違っても立派な御殿ではありません。今日とは異なり護岸の整備が行き届いていない時代には、川が増水すれば流されかねません。そんなところに住んでいるこの一家は、はかばかしい暮らしができない貧しい家だったと考えてよいでしょう。貧しい家の美しい娘が、たくさんのプレゼントをもらっても心靡かない、という、一種の美談の要素がここにはあるのではないのでしょうか。そういえば、『万葉集』の菟原処女は「賤しき我が故」と言っていますが、あながち謙遜ではなかったのかも知れません。同じく『万葉集』の真間の手児奈（巻九、高橋虫麻呂）も、麻の装束を着て、髪も梳《す》かず沓《くつ》も履いていない、とありますから、あまり豊かそうには見えません。

つまり、身分低く、貧乏だけれども美しい女が、権勢ある複数の男の求愛に応じず、死んでいく、というのがこれらの話の骨格なのではないでしょうか。そのように考えますと、一見純愛に見える物語の背後に、まことに生臭い現実世界が透けて見えてくるのです。

身分低い男が、格段に身分高い姫君をかっさらって逃げるという悲恋と、身分低い女が、より豊かな男たちの求愛を拒んで死を選ぶという悲恋——、女を盗んで逃亡する話にせよ、菟原処女の物語にせよ、その背後には、こうした階級意識が厳然と横たわっているように私には思えます。

これらの物語のように、現実の平安時代の人々が、恋のために死んでいったとは、とても思えません。もっと現実的な日々の生活に追われていたことでしょう。ですから、これらはあくまで、変化に乏しい日常の生活を一瞬だけ輝かせる清涼剤のようなものに過ぎません。今日《こんにち》私たちが、漫画や小説を読んでしばしの夢想に浸ったり、胸躍らせたりするのと同様です。

しかし、お伽噺《とぎばなし》風の恋愛物語の中にも、人々の現実的な営みの何かが息づいてもいるのです。これらの物語には、生きることの「わりなさ」ともいうべき何か——、高貴さや豊かさへの人々の切ないほどの憧れ、手の届かないことへのどうにもならない絶望的な諦めのようなものが、ひしひしと感じられてくるのです。

第八章　別れても好きな人

「いかで物とらせむ」と思ふあひだに、下簾《したすだれ》のはさまのあきたるより、この男まぼれば、わが妻《め》に似たり。あやしさに、心をとどめて見るに、「顔も声もそれなりける」と思ふに、思ひあはせて、わがさまのいといらなくなりたるを思ひけるに、いとはしたなくて、蘆《あし》もうち捨てて走り逃げにけり。

（『大和物語《やまとものがたり》』一四八段）

「何とかしてこの別れた夫に物を取らせよう」と元の妻が思案をしているうちに、下簾の隙間の開いたところから、この男がじっと見てみると、我が妻に似ている。不思議に思って、よくよく見てみると、「顔も声も間違いなくあいつだ！」と思うと、この立派になった妻と比べ合わせるに、自分の身なりが何ともみすぼらしくなっているのを思ったところ、どうにも情けなくなって、担いでいた蘆もうち捨てて走って逃げてしまった。

若い読者の皆さんにとって、夢のない話で恐縮ですが、若者の結婚願望は強まっている反面、結婚率は低下し、確実に晩婚化の傾向にあるそうです。また、結婚件数に対する離婚件数は、総じて増加傾向にあるようです。

結婚にまつわる不安の背景には、若年層の雇用や収入の不安があるとも言われています。結婚をしたいのは山々だけど、結婚することで自由に使える時間やお金が減るのは困る、ということでしょうか。それでも愛があれば、と言えるのか、愛だけでは食べられない、となるのか、なかなか悩ましいのでしょうね。ひとたび結婚したのちの離婚となると、さらに事情は複雑でしょう。

出会いがあれば、別れがあるもの。そして別れた後の再会は、切なくも苦々しくもある。そんな、少し大人の物語をご紹介しましょう。

家出した妻との再会

別れた夫婦の再会の物語としては、『伊勢物語《いせものがたり》』六〇段が有名です。

男の仕事が忙しく、「心もまめならざりけるほどの家刀自《いへとうじ》」、あまりかまってやれなかった家の主婦が、「まめに思はむ」、大事にするよ、と言ってくれた別の男に連れられて、家を出てしまいます。やがて元の夫が、九州の今の大分県《おおいた》にある宇佐神宮《うさじんぐう》に帝の命令で出張に出かけたところ、その途上で宿った接待役の者の家で、かつての妻と再会しました。男は、そこにあった橘《たちばな》の実を手にして、「五月《さつき》待つ花橘の香《か》をかげば昔の人の袖の香ぞする」という歌を詠みかけます。五月になるのを待って咲く橘の花の香りを嗅《か》ぐといつも、昔懐しいあの人の袖の香りがする、という歌です。男にしてみれば、昔の妻との再会を懐かしむ思いから歌ったのでしょう。しかし妻の側は何か痛切なものを感じたのか、返歌もせずに出家をして山に入ってしまうのです。

元の妻は、なぜ出家をしたのでしょうか。今は別の男の妻になっている身の上が、恥ずかしかったのでしょうか。あるいは、元の夫への愛着が呼び覚まされたのでしょうか。この物語には、何も説明されていません。ですからかえって、さまざまな想像が掻《か》き立てられて、たいへん奥行きのあるお話になっています。

そもそも恋人や夫婦の仲がこじれるのは、どちらか一方だけが悪いということは、まずありません。渦中にある当事者たちは、「旦那がろくすっぽ帰ってこないんだから」

とか、「女房がメシを作らなくて」とか、お互いをあげつらうのでしょうが、間違いなく原因は双方にあるのです。先の話で妻が家出をするのは、家出せざるを得ない、なんらかの切実な動機があったのだと考えるのが自然です。

しかし、ここでは男が「まめならざりける」と語られるだけで、それが何を意味するのかは語られてはいません。仕事人間で残業ばかりしていたのか、上司に付き合わされて夜な夜な飲んでいたのか、はたまた他の女のところに入り浸っていたのか……。それを問題にしないままに、家出した女の心変わりを責めるのでは不公平な気もします。とはいえ、まだこの章段だけでは、女の心変わりを責めているかどうかさえ、はっきりしません。男は再会して、ただ昔を懐かしんだだけなのですから。一方、女にしてみればむしろ心変わりを責められた方が楽だったかもしれない、ただ懐かしまれるだけではなおのこと、女は居たたまれなかったことでしょう。

残酷な運命

実はこの話のすぐあとの六二段も、非常によく似ています。こちらの話でも、同様に女は家を出て、後に夫と再会するのですが、より残酷な語り口になっています。そもそも女が家出をした理由が、「年ごろ訪れざりける女、心かしこくやあらざりけむ、はかなき人の言《こと》につきて、人の国なりける人につかはれて」とあります。男が長年通って来なかった家の女は、しっかりしていなかったのか、つまらない口車に乗ってよその国の人に仕える身の上となって、と説明されているのです。「心かしこく」なかったというのは、訪ねてこない夫を待てなかった事を評しているのでしょうか。それとも、つまらない男の誘いに乗って使用人の身に落ちぶれた事を評しているのでしょうか。

さらに、再会した折にはどうやら元の夫は、接待の饗応として元の妻に夜伽《よとぎ》を求めたようで、その挙句に、とても侮辱的な和歌を詠みかけます。「いにしへのにほひはいづら桜花こけるからともなりにけるかな」と、昔のあの容色はどこにいったのか、すっかり貧弱になったねえ、という歌です。ちょっとひどすぎませんか。返歌もできずに泣いている元の妻に男は、畳み掛けるように「これやこの我《われ》に逢《あ》ふ身をのがれつつ年月経れどまさり顔《がほ》なき」と、自分から逃れて時が経ったけれど、ちっともいい女にはなっていないねえ、と歌います。男が装束を脱いで与えますと、女はそれを受け取らず、そのままどこに行ったかわからず失踪《しっそう》してしまうという、大変酷薄な話になっています。このあたりには、男の浮気は当たり前だが、女は貞節を守るべし、という価値観が見え隠れするのです。

『伊勢物語』は「昔男ありけり」で始まる短編をたくさん集めた物語ですが、その中には、心ときめく出会いばかりではなく、失ってしまった恋を愛惜《あいせき》したり、別れた夫婦が再会したり、などと、複雑な人間模様が多く描かれています。男の恋の相手となる女たちは、都の女、田舎の女、若い女、老いた女、豊かな女、貧しい女、とさまざまですが、物語のトーンは総じて男の好色は当然で、器の大きさともいえる一方、女の浮気には辛辣《しんらつ》だという傾向があります。やや男尊女卑的な物語、と言ってもいいかもしれません。

この二つの話、六〇段と六二段とをくらべますと、六〇段の方がまだしも夫は元の妻との再会にある感慨を抱いているようであり、それに対して六二段はきわめて侮辱的です。と同時に、六二段で男が装束を与えていることから、それは夜伽を勧めたことへの報酬の意味だったとすると、六〇段の女が出家をしたのは、元の夫との関係を拒絶する意味だった、と理解できるのではないでしょうか。なぜなら、出家は、女が男の求愛を拒む手段だったからです。

愛の不条理

さらに、これらの物語の理解の助けになる話が『伊勢物語』にはほかにもあります。二四段、これも別れた夫婦の再会の物語です。

片田舎に住んでいた夫が「宮仕へ」、仕事のためにといって別れを惜しんで出かけました。三年経っても帰ってこないものだから、もう帰らぬ人なのだろうと諦めた妻は、熱心に求愛してきた別の男と初めての夜を迎えようとします。ところが折も折、その日に夫が帰ってきたのです。そんな皮肉で残酷な偶然が、どこの世にあるものか、と思いたくなりますね。

「あらたまの年の三年を待ちわびてただ今宵《こよひ》こそ新枕《にひまくら》すれ」と、待って待って待ちわびて、とうとう今夜は別の人とお付き合いをすることにしたのよ、と夫に詠みかけます。するど夫は、「あづさ弓《ゆみ》ま弓つき弓年《とし》を経《へ》てわがせしがごとうるはしみせよ」と、自分がお前を愛したように、お前も新しい夫を愛しなさい、と歌って立ち去ろうとします。

でも、愛していたのなら、どうして今まで帰ってこなかったのでしょうか。

さらに女は、「あづさ弓引けど引かねど昔より心は君によりにしものを」と、自分は昔からずっと貴方《あなた》のことを思っていたのに、と歌って夫への愛を訴えます。といっても、これから別の男と初夜を迎えようとする妻、あるいはすでに迎え入れてしまっていた妻が、自分への愛を誓ったところで信じられなかったのではないでしょうか、そのまま夫は去っていきます。すると女は追いかけて、しかし追いつかず、とうとう清水のある所に臥《ふ》せって、岩に指の血で和歌を書き付けます。「あひ思はで離《か》れぬる人をとどめかねわが身は今ぞ消えはてぬめる」、私を思ってくれずに去っていった貴方をとどめることができないで、私は今死んでしまうようだ、と和歌を絶唱して死んでしまうのです。

この物語の勘所は、三年、という時の経過にあるのではないでしょうか。当時の法律である律令には、夫がいなくなって三年待っても帰らない場合は、自然に離婚したと考えて別の男と結婚してよい、という規定がありました。当時は必ずしも法律が遵守された時代ではないにしても、この物語には、同じ三年の時間を別々の思いで過ごした夫婦の、どうにも埋めようのないすれ違いがあるのではないか、と私は考えています。

物語は妻の感情を「待ちわびたりけるに」としか説明しません。妻は何の音沙汰もなく帰宅しない夫を待っている時間を、もう夫は帰って来ないのではないか、自分は捨てられたのではないか、という不安や猜疑《さいぎ》に駆られながら過ごしたことでしょう。それは妻が夫を愛していたが故の疑心暗鬼だったのではないでしょうか。夫への想いがなければ、そもそも帰りを待つ気持ちは強くはないはずで、三年の時を過ごす事に苦しみを感じなかったでしょうし、去っていく夫を追いかけることもなく、新しい別の男との第二の人生を生きることができたでしょう。

一方の夫の事情については、従来ほとんど考えられてきませんでしたが、夫は、妻が自分の帰りを待っていると、たいして疑いもせずに信じていたのではないでしょうか。疑いや不安があれば、むしろ小まめに消息もよこしたかもしれません。妻が別の男と結婚をしようと考えたその三年目の日は、夫にしてみれば、この日までに帰らなければ妻との関係は自然消滅するかもしれない、と意識したタイムリミットだったことにはならないでしょうか。夫は偶然にこの日帰ってきたのではなく、その日が夫婦としての間柄に関わる大事な折だとわかっていたからこそ、帰宅したのではないでしょうか。

だとすると、夫は三年間、無心に仕事をしていただけだったかもしれません。ところが妻は別の男と第二の人生を生きようとしている、そういえば自分はずいぶん妻をほったらかしにしてきた、し過ぎた、そうか、それならば妻の門出を祝って自分は潔く身を引こう、自分が立ち去れば妻は幸せな第二の人生を生きられる、と痛切な中にも思ったのでしょう。だからこそ追いすがった妻をも振り切って夫は立ち去った、しかし妻にしてみれば、自分が夫を思い続けていたとは信じてもらえず、裏切った妻であるから捨てられたのだ、としか思えなかった。「あひ思はで離れぬる人」という最期の歌の表現は、女のそうした絶望感の表れかと思えます。そして、妻が清水のほとりの岩に指の血で書き付けた歌を、夫は見知る事はなかったのではないでしょうか。

互いに相手を思いながらも、相手の自分への思いをそれぞれに信じられないまま、別れるほかない愛の不条理こそが、この物語の息吹なのだと私は感じます。

六〇段の夫が「まめならざりける」とあったこと、六二段の夫が「年ごろ訪れざりける」とあったこと、いずれも同様の事情なのでしょうか。これらには、妻は夫から消息があろうがなかろうが、ただ待たねばならない、待つ女がいい女だ、という暗黙の価値観があって、今日の読者にはなかなか受け入れがたい感覚かもしれません。男尊女卑的であることも確かでしょう。しかし、待つしかない女の側の苦しみに配慮の行き届かない男ではありますが、だからといって愛情がなかったわけでもない。説明不足なままに言葉足らずなままに、軋《きし》んで壊れていく関係は、なにも千年前の絵空事ではありません、現代のここにもそこにもある、とても身近な話なのです。

没落した夫との再会

さてこれらは、元の夫婦が再会することで、本当の別れをする話なのですが、その中で、『伊勢物語』六〇段と六二段では、再会した折の女の身の上の没落、という課題も見え隠れします。とりわけ六二段は、再会の折には女はかつてよりも明らかに没落しています。女が出家をしたり、姿をくらましたりするという顚末《てんまつ》は、身の上の没落を感じた居たたまれなさ、惨めさがあったとも考えられます。

これらが再会の際に女が没落しているバージョンだとしますと、男が没落しているバージョンが『大和物語』に見える「蘆刈《あしかり》」の話です。

摂津の国の難波《なにわ》に、大変愛し合って暮らしていた夫婦がいました。もともと素姓は悪くなかったのですが、次第に落ちぶれて、どうにも生計が立ち行かなくなります。お互いに相手を思って、とても見捨てては行けない、と労わりあって共に暮らすのですが、ついに夫は、自分はともかくお前はまだ若いのだから、京に上って宮仕えでもして暮らしの立つようにしなさい、お互いに人並みになったら相手を訪ねよう、と泣く泣く約束して、別れたのです。

妻は京に上って宮仕えをするうちに、多少は暮らしぶりもよくなって、夫のもとに便りを送ります。しかし、そんな人はいない、と便りは届かず、返ってきてしまいます。そうこうするうちに宮仕えしていた邸《やしき》の主《あるじ》の奥方が亡くなり、後妻になります。それでも元の夫が忘れられず、とうとう口実を作って難波に出かけます。元の住まいのあたりをいくら探しても夫は見つからない、すると、蘆《あし》を担った卑しい姿の男が、目の前を行くではありませんか。どうも別れた夫に似ている、顔を見たいと、そばに呼び寄せて蘆を買い、よくよく顔を見ると、間違いなく別れた夫です。女の従者が不審がるので、どうやって夫に物を与えようかと思案していたところ、夫の方も別れた妻だと気がつきます。夫は、「わがさまのいといらなくなりたるを思ひけるに、いとはしたなくて、蘆もうち捨てて走り逃げにけり」と、自らの落ちぶれた姿の見苦しさに耐えかねて、担っていた蘆も捨てて逃げてしまった、というのです。

かつては共に生きていた二人が、再会した折に一方は華やぎ、一方は没落しているという悲劇。これは男女の仲に限らず、時を隔てて再会した旧友との間にも、ままあり得ることでしょう。時の移り行きのもたらす残酷な変転です。

夫は硯《すずり》を求めて和歌を書きます。「君なくてあしかりけりと思ふにもいとど難波の浦ぞすみ憂《う》き」、貴女《あなた》がいなくて「悪《あ》し」、何もいいことのないと思いながら、蘆を刈って暮らす難波の浦は、ますます住みにくいところになったことだよ、という歌です。女は文を開けてみて、よよと泣き崩れてしまいます。なんとも切なく胸に迫る物語ですね。お互いに相手を思い合って、相手のために良かれと思って別れた末の、再会の悲劇です。

これらの歌物語に潜む、人間関係のはかなさ、経済的な不如意のもたらす悲劇をみていますと、なんだかとてもわびしくなり、夢をなくしそうです。しかし、物語は物語であって、現実とは異質だ、ということも、忘れたくはないところです。

毎日顔をあわせれば愚痴ばかりだし、時には派手な喧嘩《けんか》もするけれど、それはそれとして、普通に夫婦として暮らし、歳月を重ねていく――、そうしたごく普通の夫婦が今も大半であるように、当時もまたそうした平凡な普通の夫婦がそここにいたはずです。

それではなぜ歌物語には、別れた果てに没落したり、出家したり、死んだりなどと、壮絶で劇的な、せつない話が多いのでしょうか。

その答えはきわめて簡単です。大多数の人々が普通に経験した平凡な日常は、物語にするには退屈すぎて、書くに値しなかったからです。

ときどき、その平凡で退屈な日常に飽き飽きして、恋人が本当に自分を想《おも》ってくれているのか、自分がどれだけ愛されているのか、どうしても確かめたくなってしまいます。

しかし、愛は試すものではありません。妻が機織《はたお》る姿を見たいのは山々でも、姿を見てしまえば妻は鶴の姿に戻るしかありません。玉手箱は、開けると煙になってしまいます。愛は黙って静かに信じるもの――、しかしそれがなかなか容易でないのもまた、私たちの性《さが》なのです。

第九章　夫婦の危機を乗り越える

この時のところに子産むべきほどになりて、よきかた選びて、ひとつ車にはひ乗りて、一京《ひときやう》響きつづけて、いと聞きにくきまでののしりて、この門《かど》の前よりしも渡るものか。我は我にもあらず、ものだに言はねば、見る人、使ふよりはじめて、「いと胸いたきわざかな。世に道しもこそはあれ」など、言ひののしるを聞くに、ただ死ぬるものにもがなと思へど、……

（『蜻蛉日記《かげろうにっき》』上巻）

この今をときめく町の小路に住む女のところで、子供を産む予定の頃になって、よい方角を選んで、一つの牛車に夫と一緒に乗って、京の街中いっぱい響き渡るほどに車を連ねて、まことに聞くに耐えないほどまで大騒ぎをして、よりにもよってこの私の家の門の前を通っていくではないか。私は我を忘れて、物さえ言わないので、そんな私の様子を見る人は、女房たちをはじめとしてみな、「なんとも胸の痛むことですね。世の中に道はいくらでもあるのに」などと言い騒いでいるのを聞くと、もう死んでしまいたい、と思うのだけれども、……

長い人生をともにすることで、次第に信頼を深め、愛を深めていく――、それが理想的な夫婦の姿でしょう。とはいえ現実の日々の暮らしは淡々と過ぎ、楽しい事もあれば、つらい事もあり、退屈な事もあります。さまざまな紆余曲折《うよきょくせつ》を経て、それでも夫婦でい続けられるかどうか、究極の選択が求められる瞬間もあるのでしょう。

それでも一度は、生涯この人と、と思ったからには添い遂げたいもの。どうぞ皆さんの夢がかないますように。

浮気する男

浮気の話といえば、『伊勢物語《いせものがたり》』二三段、「筒井筒」の話があります。これもよく教科書に取り上げられる有名なお話です。

幼馴染《おさななじみ》の男の子と女の子が、親の勧める結婚もしないでお互いに思いを寄せ合い、やがて念願かなって結婚しました。そのまま幸せに暮らせばよいのに――もっともそれで

庭の植え込みから妻をうかがう男（「伊勢物語　河内越」尾形光琳《おがたこうりん》筆）

は物語にはなりませんが――、結婚してしばらくすると、夫は高安《たかやす》の地の女に通い始めます。ところが、妻はそれを不快に思う様子も見せず、気持ちよく送り出します。夫は、何かおかしい、きっと妻は妻で浮気をしているに相違ない、と勘繰り、出かけるふりをして庭の植え込みの陰にそっと隠れて妻の様子をうかがいます。自分の浮気を棚に上げて、ちょっと嫌な男ですね……。すると妻は、夜が更けるにつれて、ぼんやり外を見やって、化粧をする。それを見ていた夫は、ますます疑いを強くして、さあ間男《まおとこ》が現れるかと思いきや、妻は和歌を詠みました。

「風吹けば沖《おき》つ白波龍田《たつた》山夜半《やまよは》にや君が一人越ゆらむ」と、今頃龍田山を越えているだろう夫は無事だろうか、無事でいてくれるようにと、夫の身の上を案じる歌だったので、夫は妻の心に感じ入り、高安の女のもとに通うのをやめた、という顚末《てんまつ》です。

ここで終わりにしておけば、めでたしめでたし、なのに、皮肉な事にこの物語には続きがあります。ひとたびは家におさまった夫も、時がたつと再び高安の女のことが気になり始めます。そこで高安の里を訪れて、外からそっと女の様子をうかがってみると、以前自分の前ではそんなことはしていなかったのに、今は男もいないと油断してか、くつろいで、みずからしゃもじでご飯をよそっている。それを見ると、思いが醒《さ》めて、この女に通う気にはならなくなった、という話なのです。自分でご飯をよそったっていいじゃないか、と言いたいところですが、侍女《じじょ》によそわせるのが品のいい振る舞いなのでしょうか。あるいは、この女は実は人妻で、主婦だったのではないか、という説もあります。その後、高安の女は和歌を詠みますが、その和歌には男の愛情を取り返す力はなく、結局、男は元の妻のもとにおさまる、という話になっています。

和歌を詠むことで危機から脱却する、というパターンの物語のことを、〈歌徳説話《かとくせつわ》〉と言います。夫が浮気をするとか、災難に合うとかいった苦境にあって、和歌を詠むことでその和歌が人や神を感動させ、なんとか危機的な状況から救われる、という法則です。これは、和歌には特別な力があって、天や人を感動させる、という発想に根ざしたものです。

しかし、和歌を詠むことで夫の心を取り戻せるのならば、みなそれぞれに心を込めて和歌を作ることでしょう。両方の女に和歌を詠まれたら、男はそのたびに右往左往することになってしまい、たまったものではありません。ですから、『伊勢物語』には、元の妻と高安の女と、両方の和歌があるのに対し、同様の話を載せる『大和物語《やまとものがたり》』一四九段では、元の妻の和歌しか載せられておらず、もう一人の女（高安の地名はない）の和歌はありません。こちらの方が素朴でわかりやすいですね。高安の女の歌を載せる『伊勢物語』は、和歌を詠んだからといって、いつも奇跡が起こるはずがない、という非常にリアリスティックな醒《さ》めた眼があって、なかなか高度に文学的です。

高安の女とは？

さてその『伊勢物語』の高安の女の歌は、「君があたり見つつを居《を》らむ生駒山《いこまやま》雲な隠しそ雨は降るとも」「君来《こ》むといひし夜《よ》ごとに過ぎぬれば頼まぬものの恋ひつつぞ経《ふ》る」といったものです。一首目は、貴方《あなた》のいる方角を眺めていたいので、雲が邪魔をして隠しませんように、という歌。二首目は、貴方が来ると言ったので待っている、でも毎晩空振りなので、もう期待はしていないけれども恋しい、といった歌です。こういう歌を読むと、日本の演歌の源流は、こんなところにあるのかな、と思えてきますね。

教室で学生たちに聞きますと、元の妻の歌は、夫の身を案じた歌だった、かたや高安の女は自分の思いばかり訴えている、だから歌を詠んでも効力を発揮しなかったのだ、などと私などは思いもつかない解釈を教えてくれたりします。なるほど、それもなかなか魅力的な解釈ですね。作品の解釈には唯一の正解などというものはありません、魅力的で説得力があれば、いろいろな解釈があってよいでしょう。ですから私は、これとも両立するかもしれない、また別の解釈を提案してみたいのです。つまり、この手の物語では、男は二人の女と関わるものの、結局は元の妻に帰っていく、というのがお約束事なのです。物語では、元の妻は明らかに優位にあるのです。

ではこれは、当時の現実だったのでしょうか。物語がこのように元の妻のもとに帰る男たちの物語を描けば描くほど、私にはそれが当時の現実とは異なるからなのだ、と思えてなりません。現実には高安の女のもとを訪れなくなった夫は、それでも浮気癖だけは直らなくて、また新たな第三の女に通っては、元の妻のもとに戻る、という往復運動を繰り返すだけなのではないでしょうか。

と同時に、筒井筒の話の場合には、もう一つ別の要素があります。男が高安の女に通い始めた動機について、経済的に没落したからだ、と説明しているのです。『大和物語』一四九段でも、「この女、いとわろくなりにければ、思ひわづらひて、かぎりなく思ひながら妻《め》をまうけてけり。この今の妻は、富みたる女になむありける」と、より露骨に元の妻の家の没落が理由で、より金持ちの女を新たな妻にした、としています。ここには、惚《ほ》れた腫れただけでは済まない、現実的で切実な問題が横たわっているのです。男たちは妻の実家の経済力に依存するものだったからです。

ちなみに、平安文学の研究者、雨海博洋《あまがいひろよし》氏によりますと、当時の河内《かわち》の国（今の大阪府東部・東南部）、高安の地には、先進的な文化や技術を持って大陸から渡ってきた、渡来人が住んでいたといいます。もしそうだとすると、この物語の背後には、貧富の差にはとどまらない、文化的な異質性があることになりましょう。高安の女の振る舞いの描写は、あるいはそうしたことの暗示なのかもしれません。しかし、そうであればあるほど、異文化を背景とした高安の女が、大和の国の和歌を詠んで男の訪れを待つところに、別種の哀感が際立ってくることにもなるのではないでしょうか。

ともあれ、貧しさのあまりに、夫婦が別れる話としては、前の第八章で取り上げた「蘆刈《あしかり》」の話も有名です。経済的に没落した夫婦が、互いの身が立つように願って別れて生きることにし、その結果、女は有力者の妻になり、没落しきった元の夫と再会する、という痛ましい話です。金の切れ目が縁の切れ目、というとまことに下世話な言い方ですが、最低限の生活を国家が保障している現代とは異なり、生計が立つか立たないかは、実に切実な問題なのです。

離婚の方法

平安時代は一夫多妻で、男たちは複数の妻を持つのが当然だった、と以前は考えられていましたが、最近では、正妻と呼べる妻は一人で、そのほかの妻とは格に差があったのではないか、といった研究もされており、まだ定かに決着のつかない論争になっています。また、正妻の条件としては、儀礼的な手続きを踏んだ結婚かどうか、身分が高いかどうか、最初の妻かどうか、子供の有無など、さまざまな要因が想定されていますが、これもまだ決着していない課題です。とはいえ、一定以上の身分があれば、最初に結婚した女は一応優位にあったらしく、また、ひとたび正妻であると周囲に認められた女性の立場は、容易に覆せるものでもなかったようです。

平安時代の結婚は、女の家に男が通う形をとる「通い婚」だと知られています。しかし、結婚の当初は通い婚であっても、関係が安定し、とくに子供たちが成長し、婿取りをしたりする頃には、普通は同居に移行するものでした。

同居したくても、それに到らなかった妻として、よく知られているのが、『蜻蛉日記《かげろうにっき》』の筆者である藤原道綱母《ふじわらのみちつなのはは》です。道綱母は、藤原兼家《かねいえ》の妻の一人ですが、ついに正妻にはなれませんでした。その間の恨みつらみを綴《つづ》ったのがこの日記ですから、女の不満と愚痴だらけです。もともと道綱母が兼家と結婚した時には、兼家はすでに時姫という別の女性と結婚していました。すでに第六章でも触れたように、この日記の筆者が道綱を産んだ頃、「町の小路《こうじ》の女」という強力なライバルが出現して、兼家との仲がずいぶんこじれた様子が描かれています。しかし、最初の妻であった時姫は、子だくさんでもあり、娘も入内《じゅだい》し、結果的に正妻になります。

あるいはもしかすると、時姫は最初から正妻と決まった人で、道綱母にはどのみち勝ち目はなかったのかもしれません。道綱母に正妻になれる可能性があったかどうかは、論者によって見解の分かれるところです。ただ、兼家が新しい邸《やしき》を造った折に、道綱母もそこに招かれて移り住む予定でしたが、結局招かれず、時姫だけが同居しました。これが、時姫と道綱母の決定的な分岐点になったことは間違いないようです。

その後、道綱母は鳴滝《なるたき》の寺に籠もったりして、平たく言えば家出の狂言芝居を打って、夫の関心を惹《ひ》こうとします。兼家も狂言と知りつつも、真面目に迎えを寄越したりして、それなりに誠実に応じているように見えます。それでも、道綱母は拗《す》ねたり愚図ったり、そういうやりとりが度重なるにつれて鬱陶《うっとう》しくなったのか、次第に通いの足も遠のいていき、ついには縁遠くなってしまいます。同居に到らなかった夫婦の不安定さが、よく現れていますね。

通い婚のうちは、男にしてみれば、女のもとに通わなくなることが夫婦関係の終息を意味しましたから、おおむね男の側に主導権はありました。それに対して、女の側はただ待つばかりで、せいぜい歌を詠んで引き止めるぐらいしか手立てがなかったのです。

それでは、ひとたび同居に到れば離婚の可能性はなかったのでしょうか。そんなことはありません、同居を解消することが、すなわち離婚を意味したのだと考えられます。現実の話ではありませんが、『源氏物語』の鬚黒大将《ひげくろのだいしょう》の話を例として見てみましょう。

鬚黒大将は、光源氏が養女として引き取った玉鬘《たまかずら》という娘を、見事に射止めた男です。この男は、玉鬘の求婚者の中では、やや無骨で、光源氏はあまり気に入っていなかったのですが、鬚黒はうまく女房に手引きさせて、どうやら実力行使で我が物にしてしまったようでした。ところが鬚黒には正妻がおり、長年同居していました。この正妻は数年来、物の怪《もののけ》のために病んで情緒不安定で、普通の精神状態ではなかった、という風に描かれています。年齢は三十代後半、今でいうところの更年期障害かな、と私は睨《にら》むのですが……。鬚黒が玉鬘のところに通って行こうと身支度を整えていると、装束に香炉《こうろ》の灰をぶっかけて、鬚黒を出かけられなくさせた、などといったエピソードが印象的です。

当初、鬚黒は、玉鬘も自分の邸に引き取り、二人の妻と同居するつもりの様子でした。しかし、この香炉ぶん投げ事件をきっかけに、正妻は実家に帰ることになります。父親は式部卿宮《しきぶきょうのみや》という親王《しんのう》で、格式高い家柄でしたから、その体面もあったのでしょう、正妻は子供たちもみな連れて出てしまいます。子供を連れて出れば迎えに来るはず、というひそかな期待もあったのでしょう。ところが鬚黒は、式部卿宮家の思惑に反して、男の子だけを連れて帰り、その後は正妻を迎えに行きません。むしろ正妻が出て行ったのを渡りに船と、玉鬘を正式な妻として処遇していくのです。

このことから、すでに同居した夫婦の離婚には、同居の解消が重要なきっかけであることがわかります。逆にいえば、同居が続いている間は、愛情の有無は別として、妻の座は少なくとも社会的には守られていたのです。先の筒井筒の話も、すでに同居している夫婦であったからこそ、夫の愛情を取り戻す余地が残っていたのかもしれません。

それでも愛は勝つ？

それでは、女の側から離婚を望む場合は、どうしたのでしょうか。第八章で紹介した

『伊勢物語』六〇段、六二段などは、妻が夫を捨てて家を出ていく話ですから、これも離婚の一つの方法です。そしてもう一つの方法としては、出家するのが有効でした。

『源氏物語』で、光源氏の晩年、新たに妻となった女三宮《おんなさんのみや》は、長年想いを寄せてきていた青年、柏木《かしわぎ》に密通された上に懐妊し、それを夫の光源氏に知られてしまいます。光源氏は人前では何事もなかったように振る舞いつつも、密通のことを知って明らかに態度が変ってしまったものですから、追い詰められた女三宮は出家しようと決心し、父の朱《す》雀院《ざくいん》の手で出家を果たしてしまいます。女三宮は格別柏木に愛着が深かったようにも見えませんが、修復しがたい光源氏との夫婦関係から逃れるために出家したのでしょう。

光源氏は、女三宮の出家は容認しました。その一方で、紫の上がどんなに願っても、出家を許す事はありませんでした。紫の上は、光源氏と女三宮との結婚ののち、自分より身分の高い女三宮に憚《はばか》って、自らの感情を抑え、調和的な人間関係に努めてきました。しかし、次第に女三宮の身分も高くなり、光源氏の訪れも等分になっていきます。その中で、病がちになった自分は、もう出家をしたいと何度も光源氏に願うのでした。

しかし、光源氏は、自分が長年出家を望みながら、それを実現できなかったのは、一人残される身寄りのない貴女《あなた》の事が心配だからだ、だから私より先に出家をしてはいけない、というのです。紫の上は病重くなって、もはや自分の余生が長くないと察してからも、自分が死んだのちに取り乱すだろう夫の姿を想像して、ただそれが気がかりなばかりに死ぬのは心残りだ、と考えています。そして、自分がいくら望んでも、夫が許そうとしない出家を、勝手に強行したりはせず、夫の意思を重んじて、そのまま亡くなってしまいます。

若い頃、北山で光源氏が紫の上を見初めてから、長い歳月をともにしたこの夫婦には、とうとう子供はできませんでした。子供を産むことが妻の大事な役目であった当時、子をなさない紫の上は、肩身の狭い思いもしたことでしょう。晩年は、女三宮という、より格の高い妻の存在に脅かされる日々でもありました。しかし、そうした紆余曲折を経てもなお、光源氏と紫の上は、最期まで互いのことを思い、それゆえに二人とも俗世を捨てきれず、ただ労わりあっています。それは、いつまでも出家できない未練がましい姿、というよりは、やはり究極の夫婦愛の物語なのだといえましょう。

現代とは異なり、複数の妻妾《さいしょう》を持つのが当たり前だった時代、だからといってそうした複雑な人間関係のなかで傷つかないはずもなく、男も女も多くの悩みを抱えた事でしょう。そうした悩みを乗り越えつつも、長年夫婦であり続ける事のかけがえのなさを、光源氏と紫の上の物語は、私たちに語り伝えているように思えます。

平安時代の結婚のありようは、一夫一婦を原則とする今日のそれとは、相当に異なるので、安易になぞらえて考えると失敗します。古典文学を読むときに注意しなければならないのは、社会制度や風習の全く異なる千年前の世界に、現代の常識を無自覚に持ち込んで読んでしまう事です。結婚に関わる問題は、まさにその典型的な一例でしょう。

とはいえ、現代人が古典文学を読んで、そこに面白さをおぼえるのは、なんらかの感情移入が可能だからにほかなりません。時代を超えた人間の普遍的な心理に共感できるからこそ、読むことの楽しみが得られるのです。

どこまでは遠い時代の話だと突き放し、どこからを現代に生きる我が身に引きつけて読むのか――この距離感がうまくはかれるようになれたならば、あなたはもう、古典読みの名人です。

第四部　人生は波瀾万丈

カラタチ

第十章　天災は忘れた頃にやってくる

逆《さかしま》なる子、歩み前《すす》みて、母の項《うなじ》を殺《き》らむとするに、地裂けて陥《おちい》る。母即《すなは》ち起《た》ちて前み、陥る子の髪を抱《うだ》き、天を仰ぎて哭《な》きて、願はくは、「吾《わ》が子は物に託《くる》ひて事を為《な》せり。実《まこと》の現《うつ》し心にはあらず。願はくは罪を免《ゆる》したまへ」といふ。猶《なほ》し髪を取りて子を留《とど》むれども、子終《つひ》に陥る。

（『日本霊異記《にほんりょういき》』中巻第三）

逆心を持った子供が、歩み進んで、母の首を切ろうとすると、地面が裂けて落ちる。母は即座に立って進み、落ちる子供の髪をつかんで、天を仰いで泣いて願うことには、「我が子は魔物につかれてこんな事をしたのです。本当の正気の心ではありません。願わくば罪をお許し下さい」と言う。なおも髪をつかんで子を留めるが、子はついに落ちる。

東日本大震災で被災された方、心からお見舞い申し上げます。地震の余震、原発処理や食品の放射能汚染の行方など、被災地はもちろん、日本中が不安と隣り合わせに暮らしている印象が拭えません。災害復興のために増税も検討されており、そうでなくても出口が見えなくなりかけていた日本経済の先行きも、ますます不透明になっています。

それでは、こうした大きな災害に伴う苦難を、古代の人々はどのように経験してきたのでしょうか。

天災と信仰

二〇一一年三月十一日に発生した東日本大震災における地震と津波の被害を受けて、しばしば貞観《じょうがん》の大地震のことが引き合いに出されます。貞観十一（八六九）年に起こった地震は、三陸の広域にわたって津波を引き起こし、大きな被害を与えました。ですから今回の地震津波は、千年に一度の天災の再来、とも言われています。

貞観年間といえば八五九〜八七七年、大変災厄の多い時期だったことが最近注目されています。都ではたびたび疾病が流行しました。貞観五年に越中越後《えっちゅうえちご》で地震があり、翌六年には富士山で大噴火が起こっています。さらに同じ年には阿蘇山《あそさん》が噴火、貞観十年には播磨《はりま》・山城《やましろ》で地震が起こり、そして、貞観十一年に三陸で地震・津波が起こったのです。

ところで当時は、こうした災厄は、怨霊《おんりょう》の仕業だという考え方がありました。貞観年間より数十年前のことになりますが、冤罪《えんざい》によって早良親王《さわらしんのう》が延暦四（七八五）年に不遇な最期を遂げた後、延暦十一年に皇太子（のちの平城《へいぜい》天皇）に体調不良が生じますと、早良親王の祟《たた》りのためとされました。その親王の魂を鎮めるために、早良親王に崇道《すどう》天皇の号が与えられました。こうしたことから、政治的に不遇であった者の祟りによって、世の中に災厄が起こる、といった考え方が定着していきました。

先に挙げたように災厄の多かった貞観年間には、「御霊会《ごりょうえ》」が催されるようになりました。「御霊会」とは、病の神や、祟りをもたらす霊を鎮めるために催された祭りのことです。荒ぶる魂を神として祀《まつ》る事で、鎮護の神として働く事を願ったのです。初期には、崇道天皇、伊予親王《いよしんのう》、その母の藤原吉子《ふじわらのよしこ》、橘逸勢《たちばなのはやなり》、文室宮田麻呂《ふんやのみやたまろ》などの怨霊が、対象とされました。こうした考え方を「御霊信仰」と言います。

応天門の炎上を見上げる群集（「伴大納言絵詞《ばんだいなごんえことば》」）

御霊会は、貞観五年に神泉苑《しんせんえん》で催されたのが最初と言われています。この頃、都で疫病が流行ったからだといわれていますが、この貞観年代の多発する天災を考えれば、そうした災厄への畏怖の意識も加わって、御霊会は定着していったのかも知れません。ちなみに今日、京都の街中で七月中旬に行われる祇園《ぎおん》祭は、この御霊会を起源としたものです。

貞観年間は同時に、政治の転換期でもありました。貞観八年には応天門の変と呼ばれる事件が起こり、大内裏《だいだいり》の応天門が焼けました。真相は定かではないものの、その犯人として伴《とも》氏が失脚、その結果、藤原良房《ふじわらのよしふさ》が摂政の位につき、藤原氏が政権の中枢を握るようになったのです。

これらの貞観年間における疾病の流行、御霊会の開催、天災の頻発、政治の転換といった一連の出来事を考えますと、たとえば『源氏物語』薄雲巻《うすぐものまき》の物語が思い出されます。薄雲巻では、太政大臣（かつての左大臣、葵《あおい》の上《うえ》の父）が亡くなり、藤壺《ふじつぼ》が亡くなります。この年には、「世の中騒がしくて、公《おほやけ》ざまに物のさとししげく」とあって、天災が頻発したり疾病が流行したりして、それが朝廷への神仏のお告げだ、との理解が示されています。「天《あま》つ空《そら》にも、例に違《たが》へる月日星の光見え、雲のたたずまひありとのみ世の人おどろくこと多くて」と、天にも日蝕月蝕《につしよくげつしよく》などが起こったので、学者たちに吉凶などの意見を求めると、尋常ではない結果が出ました。その原因を光源氏だけは承知していた、というのです。光源氏は、自分が藤壺と密通した結果生まれた不義の子が、出生の秘密を知らないまま桐壺帝《きりつぼてい》と藤壺の子として育ち、それが現在帝位についているためだ、と理解しているのです。この不穏な兆候はやがて、不義の子が実の父が光源氏であることを知ることによって収まっていく、という展開になっています。

この物語は、永祚《えいそ》元（九八九）年に起こった史実をアイデアにしたものとも言われています。この年、六月に彗星《すいせい》が出現、賀茂《かも》神社の大木が倒れ、七月には連夜彗星が現れたので、これらの災厄を祓《はら》うため八月八日に元号が「永延」から「永祚」に改元されたということです。

こうした背景には、病の流行や天災は、人為を超えたところからもたらされるメッセージだ、といった考え方があります。古代中国の思想には、日蝕・月蝕・暴風雨・落雷などの天変地異は、天がこの世の為政者の悪政を戒めるもの、という考え方がありました。明治以後は天皇一代に一元号となりましたが、それ以前には一代の天皇の時代に改元されることもありました。大きな天災の後には、元号を改めることによって、時代に節目を作り、災厄の流れを絶とうとしたのです。

前述したように疾病や災害の頻発した貞観年間に御霊会が始まったのは、疫病や災害が、先人の霊の怒りによって引き起こされたと考え、霊を慰め祭ることによって鎮静化させようとしたからなのです。時の為政者の成功の背後で、怨みを残して亡くなった者を祀ろうとしたのは、やはり疾病や災害を政道の乱れと因果づけて考えたからなのでしょう。

信じる者は救われる?

その一方で、災害に遭遇するのが個人の因果によるものだ、とする考え方も見受けられます。たとえば『日本霊異記《にほんりょういき》』には、地震による被災とも思われる物語が、いくつか見受けられます。その一つは中巻第三、防人《さきもり》の男の話です。武蔵の国の吉志火麻呂《きしのひまろ》が筑紫《つくし》の防人を命じられて労役につくのですが、その旅先には母親が同行し、妻は武蔵の国に残りました。男は、妻の待つ家に帰りたい一心で、母の喪に服する口実があれば帰宅できると考え、母を殺そうとします。そこで、日頃信心深かった母を、東の山の中の法会《ほうえ》に行こうと誘って、山中に出かけます。息子は、牛のような目で母を睨《にら》み、地に跪《ひざまず》け、と言い、太刀を抜いて切り殺そうとします。母は道理を説いて息子を諫《いさ》めますが、息子は聞き入れません。母はついに装束を脱ぎ、遺言をして覚悟を固め、息子が母の首を切ろうとした途端に、地面が裂けて息子は落ちんばかりになります。母は裂けた地面から落ちて行こうとする息子の髪をつかみ、天を仰いで息子の罪が許されるよう、乞い願うのですが、その甲斐なく、母の手には息子の髪のひと束が残り、息子は地中深く落ちて行ったというのです。

この地面が裂けて落ちていく、という物語は、ここだけ見ると異様な感じがしますが、地震による地割れを当てはめれば納得できますから、そうした光景を物語に取り入れたものだとも考えられましょう。あたり一帯が揺れた描写などはありませんから、地震そのものではないのかもしれませんが、人為を超えた自然界の猛威と、仏の諭しを結びつけたものといえます。

同じく『日本霊異記』中巻第二〇には、信心深い大和《やまと》の国の女の話があります。この女の娘は、二人の子とともに、国司である夫の赴任先で暮らしています。大和の国で一人暮らす母は、不吉な夢を見て、娘の身を案じて仏に祈りをささげます。その頃、娘の家の庭で遊んでいた子供二人が、七人の僧侶が屋根の上に座って経を読んでいるのを見て、家の中にいた母親を呼びました。お経を読む声が蜂の声のように聞こえるので母親が不思議に思って外に出てくると、とたんに母親が座っていた家の壁が倒れました。すると、僧侶の姿もたちどころに消えた、というのです。

壁が倒れた原因が地震なのかどうかは、この限りでは分かりません。ただ突然の災難を、娘の母親の信仰心の深さが救った、という仕立てになっています。『日本霊異記』

は、九世紀初頭に編まれた仏教の布教のための書で、民間の説話や伝承を組み立て直した側面もある説話集です。集められた説話は、みな結末は、不運や不幸は仏教への信仰心が足りなかったからだ、だから信仰心を深めよう、という展開になっているのです。それぞれの説話の具体的なストーリーはそのために利用されている、と言ってもいいでしょう。この説話も、人々の天災や災難への恐怖感を利用して、布教を目論《もくろ》んだものの一つです。

天災に遭いたくない、という人々の願望は、時代を超えて変らないでしょう。どうもこの度の東日本大震災を経験しますと、これほど科学が発展した現代においても難を逃れる術《すべ》はほとんどわからない、という意味で、これらの物語が急に現実感をもって迫ってくる気がします。

活断層や地殻の変動に因果づけて地震を理解する今日と異なり、平安朝の人々は、天災の因果を、為政者たちの政治のありように因果づけて理解し、国家的な祭祀《さいし》を通して事態の鎮静化を図りました。そしてまた、個人レベルで災害や苦難から逃れる道を示すために、宗教が人々の心に食い込み、信心をすれば災害に遭わずに済む、という論法を持って布教が図られた、ということになりましょうか。そうした平安朝の人々の災害への対処方法はすこぶる非科学的なものに、やはり今なお思えます。ただ、今回の震災の復興と原発事故の事後処理の、気の遠くなるような道のりの前に、いささかなす術を無くすかのような現在を思いますと、千年経っても自然の猛威の前に人が無力であることにかけては、実はさして進歩などなかったのだと気付かされるのです。

荒ぶる物の怪と病

さて、御霊信仰も、藤原氏の政治的優位が定まっていく中で、次第に霊のもたらす災厄が、不特定多数の人々を対象とする大規模な天災や疾病よりも、個人の病や死と結びつけて考えられるようになりました。

当時は、人が病気になりますと、それは物の怪《もののけ》が取り憑《つ》いて病気にさせたのだ、と考えられました。「物の怪」というのは、正体不明の何らかの存在を表す言葉で、霊といった意味でしょうか。決して角が二本はえた縞々《しましま》パンツの赤鬼の姿をしているわけではありません。むしろ具体的な姿はなかった、といった方がよいでしょう。

彰子の出産に際して祈禱する僧侶と、憑坐の女房たち（安田《やすだ》靫彦《ゆきひこ》「御産《ごさん》の禱《いのり》」）

病気の原因とされる物の怪の正体とは、死霊が一般的です。加持祈禱《かじきとう》によって取り憑いている病人から引き離し、憑坐《よりまし》――仮に霊を乗り移らせる者、多くは童女などが務める――の上に乗り移らせて、より強く調伏《ちょうぶく》して霊を退散させるというものでした。その場合の死霊とは、政治的対立関係の中で、怨みを抱いて死んだ者が、生き残って栄えている側の人に取り憑いたものとして理解されたのです。

平安中期には、病気の原因としての物の怪は、政治的な抗争によって敗北した側の家の者が、権力者の家の者に憑くというのが、一般的でした。藤原道長《ふじわらのみちなが》の娘の彰子の出産に際しても、道長が凋落《ちょうらく》に追い込んだ兄道隆《みちたか》の中関白家《なかのかんぱくけ》の死霊が恐れられたようで、『紫式部日記』には、物の怪が乗り移った憑坐の女房たちが僧侶に調伏されている様子が描かれています。

物の怪となる女の情念

こうした話題になりますと、『源氏物語』の六条御息所《ろくじょうのみやすどころ》の物の怪を連想する人も少なくないでしょう。

六条御息所とは、光源氏の愛人の一人です。光源氏の寵愛《ちょうあい》が薄いのにもかかわらず噂《うわさ》になったことを嘆いて、娘の斎宮《さいぐう》が伊勢に下るのに付き添って、都を離れようかと思っています。一方、光源氏の正妻葵の上は、これまた光源氏の愛情は薄いものの、結婚十年ほどたってようやく懐妊しています。ちょうど帝の代替わりの後で、新しく賀茂斎院《かものさいいん》が決定した年、華やかな葵祭が催され、光源氏も斎院の行列に加わり、美々しい姿を披《ひ》露《ろう》したのでした。その行列を一目見ようと、人々がひしめき出かける中、後からやってきた葵の上の一行は、六条御息所の牛車を強引に退けさせて、御息所に屈辱を味わわせたのでした。御息所はその後、物思いに悩むようになり、とろとろとまどろむと、きれいな女君《おんなぎみ》の髪を引きつかんで、乱暴狼藉《らんぼうろうぜき》を働いている夢を見るようになります。

一方の葵の上は出産間近になり、大変苦しんでおり、もはやこれまでかとも思える様子で、光源氏を枕元に呼びます。ひたすら泣き続ける妻の様子に、これまでなかった愛情を感じた光源氏は、ここで死別しても、生まれ変わった後の世でまた会える、などと慰めていたところ、苦しいから僧侶の祈禱をやめさせてほしい、といって語り出したその声は、葵の上ならぬ、六条御息所の声だったのです。光源氏に恨み言を言い、和歌を歌いかけたその様子に、光源氏はぞっとしたのでした。

葵の上はどうにか出産を果たしたものの、六条御息所は、芥子《けし》の香りが身について離れないことに気付き、髪を洗い、装束を着替えるのですが、いっこうに取れません。芥子とは、物の怪を退治するために行う修法《ずほう》の際に護摩《ごま》とともに焚《た》いたもので、麻薬の一種、阿片《あへん》のことです。葵の上は、無事に出産が済んだと周囲が安心したのも束の間、亡くなってしまいます。

このような物語を知っている人は、男女関係のもつれによって情緒不安定になった者が物の怪になるのだ、とお思いかもしれません。しかし、平安時代の記録などにみられる物の怪といえば、政治的な対立関係、家と家との争いによって出現するのが普通でした。六条御息所のように、男女の関係のもつれとして出現することも、死霊ではなく生霊が取り憑くことも、当時の人々にとっても、まことに斬新な展開であったのだとされています。

その意味で、六条御息所の物語は、単なる男女の愛のもつれの嫉妬劇、と取るべきではないでしょう。亡くなった東宮の妻であり、世が世ならば中宮にもなったであろう高貴な女性ならではの、強い自尊心と、傷つけられた家の体面ゆえだったと考えられます。

とはいえ、物の怪になって光源氏に恨み言を訴える六条御息所の声は、どこか生き生きとしています。当時の上流貴族の女性たちが、自らの感情を表立って表現する事に関して、非常に抑圧的な環境で暮らしていたことを思えば、どこか痛快な姿でもあったでしょう。嗜《たしな》みや教養が妨げて、決して口には出せない日頃の不満や憤りを、物の怪の口を通して語らせる――、それは光源氏に関わる女たちが共通して抱えた、内なる声を代弁するものでもあったのではないでしょうか。

さて、この物の怪事件を葵の上の側から見ますと、事件のもう一つの側面が見えてきます。葵の上は、結婚後子供ができず、十年ほど経ってやっと懐妊したところでした。待ちに待った出産でした。しかし、女性にとっての出産のリスクは高く、出産に際して命を落とす女性は、ことのほか多かったのです。当時の人々ならば誰もが理解した、出産への期待と恐怖の最中に、六条御息所が物の怪となって出現するのですから、当時の読者には真に迫るものに感じられたことでしょう。

平安時代にはたびたび京の都に疫病がはやり、多くの人々が命を落としました。今日のようにワクチンもない時代、感染症の恐ろしさは言葉にならないほどだったことでしょう。そしてまた、女性にとっての出産も、命を賭した一大事業でした。こうした時代には、人々は、病を人為ではいかんともし難い、一種の宿命めいたものとして捉えるほかなかったのではないでしょうか。病や死を物の怪に因果づけて発想する所以《ゆえん》でありましょうし、こうした災害や病苦に遭わないよう、信心によって救われようと願う意識も高まって、仏への信仰に目覚めていったのです。

私たちの多くは、日頃は平凡な日常を暮らしています。現実には、映画の主人公のような劇的な人生を生きているわけではありません。ですから、日常の暮らしの中でドラマや映画を見たり、漫画や小説を読んだりして、非日常の世界を垣間見て暮らしています。自分自身は渦中にどっぷりと浸からなくてすむ安全なところに身を置きながら、擬似的なドキドキ感を味わうことで、日常の退屈とのバランスをとっているのが、私たちの普通の暮らしなのです。

とはいうものの、一生のうちに何度かは、まるで映画のようだ、いやそれ以上だ！

と思うような劇的な出会いや感動、夢なら醒《さ》めてほしいと思うような衝撃や苦痛を、経験するものでもあります。事実は小説より奇なり、という思いを抱く瞬間に、まれにではありますが遭遇してしまうのです。

とりわけ非日常的な経験をとり集めて、濃厚に凝縮したはずの物語でさえ、瞬時に色褪《あ》せて見えるような時――、二〇一一年の春は、そういう切迫した経験を私たちが共有した時でした。

第十一章　親と子との確執

高き山の峰の、おり来《く》べくもあらぬに、置きて逃げて来《き》ぬ。「やや」と言へど、いらへもせで、逃げて家に来て思ひをるに、言ひ腹立《はらだ》てけるをりは、腹立ちてかくしつれど、年ごろ親のごと養ひつつあひ添《そ》ひにければ、いと悲しくおぼえけり。この山の上《かみ》より、月もいとかぎりなくあかく出《い》でたるをながめて、夜《よ》ひと夜《よ》、いも寝られず、悲しうおぼえければ、かくよみたりける。

わが心なぐさめかねつ更級《さらしな》やをばすて山に照《て》る月を見て

（『大和物語《やまとものがたり》』一五六段）

男は、高い山の峰の、降りて来られそうもない所に、叔母を置いて逃げて来た。叔母は「やや」と言うが、男は返事もしないで、逃げて家に帰って来て思っていると、妻が悪口を言って腹立てさせた時には、腹を立ててこんな事をしたけれど、長年親のように養い養い、共に暮らしてくれたので、たいそう悲しく思われた。この山の上から、月もまことにこの上なく明るく出てきたのを眺めて、その夜一晩中、眠る事もできず、悲しく思われたので、こう歌に詠んだ。

私の心を慰める事はできかねてしまう、更級の姨捨山《おばすてやま》に照る月を見て

日本は高齢者の人口が増える反面、若者世代の人口は横ばいか微減です。しかも国家が多額の赤字を抱えていますから、次世代に大きな借金の付けを残した状態です。若者たちは重税に苦しむことになるでしょう。その時には、年寄りになった我々世代を養いきれないと、切り捨てることになるのでしょうか。たとえば八十歳になるまで年金は支給しない、といった具合です。「えー、年金もらえるようになる前に死んじゃうよう」、と言いたいところですが、いずれはそれに近い事になるかもしれません。

最近は、若者世代の所得が低くなったために、親世代、祖父母世代の経済力に依存して、何とか賄っているのが現状でしょう。死んだ親を生きていると偽って年金をもらい続けていた、などというのは、その極端な例です。しかしその親世代、祖父母世代が経済的に没落した時には、新たな世代間抗争が生まれてきそうな気がして、これはまことに怖い予感がするのです。

母と子の愛憎の深さ

第十章でも紹介しましたが、『日本霊異記《にほんりょういき》』中巻第三には、親殺しの話が出てきます。防人《さきもり》を命じられた男は、武蔵《むさし》の国に妻を残して母と共に赴任します。ところが、妻が恋しく、家に帰りたいと思った男は、実母が死んでその喪に服すという名目があれば郷里に帰れると考えて、母親を殺すことを企てます。そして母親を、東の山の中で、七日間法華経《ほけきょう》を説く法会《ほうえ》があるので行こうといって連れて行き、殺そうとします。母親は、息子に殺されかけながらも息子を思って、心改めるように説得し、仏の御加護を願い祈ります。しかし、仏の怒りのために地面が裂けて息子は飲み込まれてしまい、息子は死んでしまった、という顚末《てんまつ》になっています。

これは実母の話ですが、親殺しの話としてより代表的で有名なのは、更級《さらしな》伝説でしょう。『大和物語《やまとものがたり》』一五六段の話です。

若い頃に親を失った男が、叔母を親同然と思ってともに暮らしていたところ、妻は叔母を快く思わず、ことあるごとに夫に、叔母の気立ての悪さを吹き込みました。叔母は、老いて腰が曲がり、体が折れ曲がって二重になるほどでした。妻は夫に、叔母を深い山に捨ててくるようにそそのかします。夫は仕方なく、寺で法会があるから見せてあげよう、と言って、叔母を背負って高い山に入っていきます。その峰の、とても降りて来られそうにないところまで行くと、叔母が「やや」と言っても返事もしないで、置いて逃げて帰ります。しかし、長年親のように養ってくれた叔母を捨ててきたのだと思うと、悲しくて夜も眠れず、和歌を詠みました。「わが心なぐさめかねつ更級《さらしな》やをばすて山に照《て》る月を見て」、とても心が慰められない、更級の叔母を捨てた山に照る月を見て、という歌です。そして、山に行って叔母を連れて帰ったというのです。そのためにここは「姥捨山《おばすてやま》」（今の長野県にある）と呼ばれるようになったといいます。

さてこの話はここで終わっていますが、連れて帰ったのはいいけれど、そのあとはどうなったのでしょうか。何の解決の術《すべ》もなく、実は結局同じ日常が延々と続くしかないのではないでしょうか。それを思うと、今ひとつ幸せな気持ちになれない話です。

労働力として役に立たなくなった世代に対する若者たちの目は、いつの時代も厳しいもので、特に後者の更級伝説にはそれが色濃く感じられます。

この二つの話は、ともに老婆を法会に行こうと誘って、連れ出していますから、同系統の話だという感じがします。男と老婆が、実の母と子、叔母と子といった違いはありますが、いずれももともとは良好な関係にあった、むしろ息子にとって頼るべき母であり、ちょっとマザコンかと思うほどです。

のみならず、『日本霊異記』と『大和物語』とに共通するのは、親子と夫婦との、両立不能な関係です。前者では、防人に旅立つ息子は、妻を同行させてもよいのに、わざわざ母とともに旅に出たのですから、本来仲の悪い親子だったわけではないのでしょう。更級伝説でも、もともと叔母と男は親密な関係でした。ただ、叔母は育ての親であって、実の母でないというところから、嫁から見れば嫉妬の思いもより複雑であったかもしれません。そうした関係の複雑さが、嫁の側の憎しみを増幅させたとも考えられます。嫁と姑の争いのようでいながら、それを越えた嫉妬劇のような側面が見え隠れするのです。

継母継子の仁義なき戦い

嫁と姑の争いといえば現代にもまだいくらか通じるところもあるでしょうけれども、

平安時代の貴族の男性は、複数の妻を持ちましたから、いきおい現代よりも格段に複雑な家族関係が生まれがちでした。

『落窪物語《おちくぼものがたり》』は、継母《ままはは》が継子《ままこ》を苛《いじ》める話です。実の母を亡くした姫君は、父親の正妻のもとに暮らすのですが、異母姉妹たちとは扱いは全く異なり、一人で落ちくぼんだ、冴《さ》えない場所で暮らし、異母姉妹たちのところに通ってくる夫の装束を縫って暮らしています。やがて、継母に隠れて道頼《みちより》という夫を得て幸福になるのですが、その後、落窪の君の夫は、妻を苛めていた継母と異母姉妹に復讐《ふくしゅう》をすることになります。

まずは、落窪の君の夫となった道頼は、継母の実の娘である四の君のもとに、「面白《おもしろ》の駒《こま》」と呼ばれる、顔が馬に似ている変人を通わせて愚弄します。するとこれまで姉の三の君のもとに通っていた蔵人少将《くろうどのしょうしょう》も、足が遠のいて離婚状態になります。清水参詣に出かけた継母の一行に、小石を雨のように投げつけて牛車をぼろぼろにして、継母一行を笑い者にします。賀茂《かも》祭の見物の折にも、継母の一行に狼藉《ろうぜき》を加えます。その後、落窪の君の父親の中納言《ちゅうなごん》が立派な御殿を建てますと、そこはもともと落窪の君の母親の家で、落窪の君が土地の権利書を持っていたので、先回りして占拠してしまいます。

結局は落窪の君は実父の中納言と再会し、父親たちと和解することになるのですが、このように、落窪の君を苛めた継母やその娘に対して、落窪の君自身ではなく、夫の道頼が復讐を実行していくところが、『落窪物語』後半の面白さになっているのです。

シンデレラの話も、ガラスの靴を履いて王子様に見出され、めでたしめでたし、となるところまでしか知られていませんが、実はその後に、手厳しい報復劇が付いているバージョンもあります。が、残虐だというので、一般の童話などではカットされています。その意味では、『落窪物語』の報復劇も、世界的な継子物語の傾向の一つの姿だといえましょう。

こうした話では、継母継子といった関係が強調されがちですが、平安文学の研究者である藤井貞和《ふじいさだかず》氏などは、実母と実の娘との間にも生じる確執を、いわば比喩的に代弁しているのだ、とも指摘しています。そうだとしますと、継母継子に限定されない親子の争い、子供たち世代がいかにして親たち世代から自立していくか、という普遍的な課題が背後にあるということにもなりましょうか。

子供は財産

ところで、物語の主要人物には、案外兄弟姉妹が少ないですね。光源氏の父、桐壺帝《きりつぼてい》にはたくさんの子供がいるものの、光源氏には同じ母から生まれた兄弟姉妹はいません。

物語の冒頭では、おおむね、両親がどんな身分でどんな血筋の人であったか、その子供がどんな風に生まれたか、といった紹介があります。『竹取物語』では親代わりになる竹取の翁が紹介され、かぐや姫の発見、すなわちこの世での誕生が描かれ、すくすくといかに美しく成長したかが書かれています。そのほか『うつほ物語』俊蔭巻《としかげのまき》の冒頭なども、父親が清原《きよはら》の王《おおきみ》で、妻は皇女であった、その間に生まれた男の子がどんなにすばらしく成長したか、という具合に展開されていきます。

こういう登場人物の紹介のパターンについて、平安文学の研究者、高橋亨《たかはしとおる》氏は〈王統のひとり子〉と名づけました。すなわち、物語の主要人物は、多くは天皇家の血筋で、しかも同腹の兄弟がいない、あるいは少ない、というパターンだというのです。

そういえば、さきほどの落窪の君も、継母の産んだ異母姉妹はいますが、同母の兄弟姉妹はいません。そして実母は、「わかんどほり」、すなわち皇族の血を引いていました。

『伊勢物語』に登場する「男」と目される在原業平は、平城天皇の孫で、兄弟には同母かもしれない在原行平《ありわらのゆきひら》がいますが、皇族の血筋である点では条件にかなっています。『平中物語』の平貞文《たいらのさだふん》も同じく、皇族の血筋です。

皇族の血筋の生まれで、兄弟姉妹がほとんどいない孤独な人物、というパターンは、なぜ生まれたのでしょうか。平安時代中期の現実社会においては、藤原氏が次第に政治の実権を独占していきましたから、皇族の血筋であることは、政治的な意味ではむしろ無力であり不遇であった事を意味しました。そうした、現実社会では不遇であった高貴な人が、物語の中では華やかに恋に生き、風流に生き、人々に持て囃《はや》される——そこに、現実社会とは別次元の、フィクションとしてのお約束事があったと考えられます。

もう一つの、一人っ子という条件もまた同様です。平安時代の現実社会では、家を守るためには子供はたくさんいればいるほど都合がよかったはずです。男子は家を継承し、万一に一人の男子が病で倒れても、他の男子が継承する——、時には病の流行によって、理不尽にもあっけなく人が命を失う時代には、そうした安全弁が幾重にも必要でした。

また、女子は天皇家をはじめとする有力な家の男子と結婚することで、家の繁栄につながる係累を広げることが期待されたのです。

『蜻蛉日記《かげろうにっき》』の筆者の場合、夫の兼家《かねいえ》との間に子供は道綱《みちつな》一人しかいませんでした。そこで、養女をもらうことにします。兼家が源兼忠女《みなもとのかねただのむすめ》に産ませた娘で、つてを頼って自分のところに引き取り、兼家と感動の対面をさせます。この養女引き取りの動機のうちには、めったに訪れない夫との関係を繋ぎとめたいという思いがあったのでしょう。あわよくば、この娘を入内《じゅだい》でもさせられれば、とも思ったかもしれません。結局この女の子は入内するには到りませんけれども、道綱母の目論見《もくろみ》は、それなりの効果があったといえるでしょう。

藤原道長の子である藤原頼通《よりみち》の正妻隆姫《たかひめ》は、子を産みません。『栄花物語』によりますと、頼通は三条天皇の内親王《ないしんのう》との結婚を勧められますが、頼通は妻の隆姫を愛していたのでしょう、重病になってしまい、加持祈禱《かじきとう》をすると、隆姫の親の具平《ともひら》親王の怨霊《おんりょう》が出現したので、内親王との結婚は実現しませんでした。その結果、子女に恵まれなかった頼通以降、藤原氏の影響力の薄い天皇や上皇が、政治の主導権を握るようになっていくのです。子をたくさん産む妻が、いかに大切な存在であったかが、よくわかります。

高貴な人の孤独

そういう時代であるにもかかわらず、否、だからこそ、物語の主要人物は兄弟姉妹が少ないという具合に設定されています。その人物の類い稀《まれ》な美しさや、傑出した才智《さいち》を描く時に、似たような兄弟姉妹がたくさんいるのでは、収まりが悪かったのでしょうか。多くの物語では、兄弟姉妹の少ない、近い血筋の身内に恵まれない孤独な人物が、本人の魅力や愛の力によって、人生をわたっていくという意味で、現実を超えた一種の冒険物語の形を取っているのです。

幼くして母を亡くし、母方の係累のほとんどいない光源氏は、まさにその典型でした。そして光源氏自身にも、子供が三人しかいません。これは作中で予言された通りの展開です。藤壺と密通してできた冷泉帝《れいぜいてい》、葵の上《あおいのうえ》との間にできた夕霧《ゆうぎり》、明石の君《あかしのきみ》との間に生まれた明石の姫君、以上の二男一女です。もっとも世間の人々は、冷泉帝は光源氏の父桐壺帝の息子だと思っています。代わりに、光源氏の晩年の妻である女三宮《おんなさんのみや》が、柏木《かしわぎ》と不義密通をして生まれた子供である薫《かおる》のことを、世間では光源氏の子だと思っています。二つの密通が関わっていますから、若干のややこしさはあるものの、世間的にも、実質的にも、いずれにしても光源氏の子供は三人なのです。

しかしこれは、平安時代の現実の貴族のありように照らし出せば、いささか不満が残ります。確かに光源氏の子供たちは、冷泉帝は天皇に、明石の姫君は中宮になっていますし、夕霧は最後には太政大臣《だじょうだいじん》にまでなると予言されていますから、これ以上ない栄華を極めたわけで、何も問題はありません。というより、問題がないのは、明石の姫君と夕霧が子だくさんとなって、明石の姫君の息子が東宮になるなど、末広がりに子孫が増えて、結果的に光源氏の一族の繁栄が約束されてくるからでしょう。

『源氏物語』には左大臣家の頭中将《とうのちゅうじょう》や、弘徽殿女御《こきでんのにょうご》の実家の右大臣家など、子だくさんの家も多くあります。ところが、この物語では、そういう子だくさんの家の人々を、案外凡庸にしか描いておらず、さほど繁栄していくようにも作っていないのです。ここに、フィクションのフィクションたる所以があります。

光源氏が若くして母に死なれた、身寄りの少ない子供であったのと同様、光源氏の最愛の女性である紫の上も、幼くして母に死なれ、父親とは縁の薄い女の子でした。しかも、紫の上には子供が産まれません。そうした有力な家の庇護《ひご》もない、子供のない女が、愛の結びつきだけによって、権勢家の妻であり続けることは、現実にはなかなか難しいことです。物語は、あたかも愛の極限を確かめるかのように、紫の上を天涯孤独な人と設定するのです。

子どものない夫婦が、ただお互いの愛情だけで、どこまで夫婦の絆《きずな》を深めていけるのか――、そういう究極の問いかけが、この物語にはあるのでしょう。

皇族の血を引く王統の者が栄耀栄華《えいようえいが》をきわめることも、優れた人物に、子供や兄弟姉妹に恵まれない設定を負わせることも、平安時代の現実とはいささか異なる、物語の中のお約束事、物語の法則です。それならば、継母が継子をいじめることや、子供が親を捨てようとすることも、フィクションなのだといえるでしょうか。残念ながら、こちらは現実にもあり得たことのように、私には思えてなりません。

とはいえ、比喩的なものも含めて、「親殺し」の物語、というのも、ギリシャ悲劇の「オイディプス王」以来、これまた世界的に見られる文学のテーマなのです。「オイディプス王」になぞらえれば、光源氏は父の桐壺帝を殺し、実母の桐壺更衣と関係し、子をなす、という展開になります。それではあまりに刺激的に過ぎるので、少しやんわりと実母にそっくりの継母の藤壺を登場させているのだ、という理解も当然できるでしょう。

親殺しの話の根底には、子供が成長の過程で親の庇護《ひご》から抜け出し、反発しながら自立していく、その内面的な成長のプロセスを、物語に置き換える発想があるのでしょう。親が子供に厳しく接するのは、継子だからではなく、それが教育の一つの姿なのです。だとすれば、本当に克服すべきなのは継親ではなく、実の親なのでしょう。子供が親の庇護や抑圧を乗り越えて自立していく成長の過程を、継子物語は、「継母」というわかりやすい敵との戦いという形で、代弁しているのです。

「親殺し」の話を読んで、現実に真似をする子供がいるとしたら、ただの未熟者、愚か者です。親殺しの物語を読むことで、親への反抗心をみずからの心のうちになだめ、精神的に親からの自立を遂げる――、物語は、そうした心の浄化装置としてあるものなのです。

第十二章　老いらくの恋はいくつまで？

昔、世心《よごころ》つける女、いかで心なさけあらむ男にあひ得《え》てしがなと思へど、言ひ出《い》でむもたよりなさに、まことならぬ夢語《ゆめがた》りをす。子三人を呼びて語りけり。二人の子は、なさけなくいらへてやみぬ。三郎なりける子なむ、「よき御男ぞいで来《こ》む」とあはするに、この女、けしきいとよし。こと人はいとなさけなし。いかでこの在五中将《ざいごちゆうじやう》にあはせてしがなと思ふ心あり。

（『伊勢物語』六三段）

昔、恋愛に心惹《ひ》かれる女が、何とかして情愛深い男と逢《あ》いたいものだ、と思うが、口に出して言おうにもきっかけがないので、作り事の夢の話をする。子供三人を呼んで語った。二人の子は、そっけなく返事をして終わった。三男であった子が、「よい男の方が現れるのだろう」と夢占いをするので、この女は、たいそう機嫌がよい。他の男では情はさほど深くないだろう。なんとかしてこの在五中将に逢わせたいものだ、と思う気持ちがあった。

皆さんのお母さんはおいくつですか。高校生の皆さんなら、だいたい四十代の方が多いでしょうね。いわゆるアラフォー世代か、そのちょっと上でしょうか。朝は早くからお弁当作り、部活でどろどろになった服の洗濯、帰宅の遅いお父さんの夜食の相手……、なかなかの重労働なのですよ。ましてや、お仕事を持って働いているお母さんならば、もっと大忙しです。

さてそのお母さんが、「毎日お弁当を作って暮らすのはもう飽き飽き。私だって、もうひと花咲かせたい！」と言い出したら、皆さんはどうしますか？

女が男を垣間見る

『伊勢物語』の六三段に、こんなお話があります。

ある女が、何とかして「心なさけあらむ男」、情の深い人と恋をしてみたい、と考えます。しかしそんな事を言っても誰も相手にしてくれないだろうと一計を案じて、こんな夢を見た、という作り話を、三人の息子たちに話します。上の二人の息子は「なさけなく」、そっけなく、相手にもしません。しかし末っ子の男の子が、「それは、素敵な男性が現れるお告げだね！」と言ってくれたので、この女は大層機嫌が良くなります。息子が三人もいるのなら、きっといい年の女だろうに、どうして恋をしたいのか、ですって？　はてさて、どうしてでしょうか。

三番目の息子は、他の人では「なさけなし」、情愛が深くないだろう、やはりここはあの在五中将に逢わせたいものだ、と考えます。中将が馬に乗ってやってくるところを呼び止めて頼んでみますと、中将は「あはれ」と感じて、お母さんのところに泊まりに来たではありませんか！　お母さんはたいそう喜びました。きっと夢のような一夜を過ごしたことでしょう。

しかしその後は音沙汰無しのまま。すると女は、男の家に様子を見に行って垣間見《かいまみ》します。男は女の姿に気づいて、歌を詠みます。「百歳《ももとせ》に一年《ひととせ》たらぬ九十九髪《つくもがみ》我《われ》を恋《こ》ふらし面影《おもかげ》に見《み》ゆ」と、百歳に一歳足りない年老いたお婆さんが自分を恋い慕っているのか、夢に現れた、といって出かけようとします。本当は夢ではなく、そこに女が居ると気づいていたのでしょうが、「僕に逢いに来たの？」などと言うと恥をかかせると思ったのでしょうね。

それにしても、この和歌まで来て初めて、えっ、まさか九十九歳なの！ と、びっくりしてしまいます。九十九歳ではないにしても、この女が相当な老女だ、ということが初めて読者に知らされるのです。ところが、男の歌を聞いた女は、「うばら、からたち」など、とげのある木で引っかき傷を作りながら、走って自宅に戻るといいますから、ずいぶん元気なお婆さんですね。

そして今度は男が垣間見をしますと、女は横になって寝たふりをし、歌を詠みます。「さむしろに衣《ころも》かたしき今宵《こよひ》も恋しき人に逢《あ》はでのみ寝《ね》む」、衣の袖を一人敷いて、今夜も、恋しいあの人には逢えないで寝るばかりだ、というのです。男は、「あはれ」に思ってその夜は泊まったのでした。

この物語は、「世の中の例として、思ふをば思ひ、思はぬをば思はぬものを、この人は、思ふをも思はぬをも、けぢめ見せぬ心なむありける」という文で結ばれています。普通は自分が好きな人にこそ思いをかけ、好みでない人は相手にしないものだけれども、この男は、好きでも好きでなくても誰彼構わず相手にしたのだった、というのです。これは、当時よく見られた、「我《われ》を思ふ人を思はぬむくいにや我《わ》が思ふ人の我《われ》を思はぬ」

（『古今集』雑躰《ざってい》）といった、一首のうちに「思ふ」の語を繰り返し用いた、少し軽妙な和歌――「誹諧歌《はいかいか》」というのですが――の類いを踏まえた文章だとも思えます。いずれにしても、読者があきれ果てるだろうと考えての、先回りしたような言い訳といえましょう。

しかし明らかにこれは、男の心の豊かさを讃えた物語です。この話には二つのキーワードがあって、それは、「なさけ（あり・なし）」と「あはれ」です。女は「なさけ」ある男と巡りあいたいと願っています。ところが、上の二人の息子は「なさけ」なく、情愛深くなく、母親の心を理解しようとはしません。母の気持ちを察した三郎は、他の人では「なさけなし」情愛が足りないだろうから、ここはやはり在五中将しかいない、と決めています。「なさけ」とは、相手を思いやる心、とでも申しましょうか。

その在五中将が女のもとにやってくるのは「あはれ」と感じるからです。何と訳しましょうか、かわいそうに、お気の毒に、胸に迫る、……。「あはれ」の訳としては、かわいい、惚《ほ》れた、というのもあるでしょうが、ここでは当たらないでしょうね。とはいえ、何らか心揺さぶられる感動を覚えた、それは「思ふ」「思はぬ」などという次元を超えて、男を女のもとに通わせる力になった感動なのです。

老いた母の、ひそやかな願いを実現させようとした三郎と、その頼みを聞いてやってきた在五中将は、ともに「なさけ」情愛深く、「あはれ」人の心を揺さぶる感動に身を任せる力のある男たちなのだ、そういう美談であるに違いありません。現代の読者、とりわけ若い読者には、到底受け入れがたい事かも知れませんけれども。

ところで、実は私がこの話を読んで違和感をおぼえていたのは、男より女の振る舞いの方なのです。

垣間見とは、男が女の様子をのぞき見ることだ、という話を、第一章でしましたね。そうしますと、通常男がする垣間見を、女だてらにノコノコと、男の家まで出かけて行って垣間見をしたこの女は、大変積極的です。しかも、男が出かける様子を見て、走って帰ったのですから、なんとも随分元気なお婆さんではありませんか。年齢のヒントになるのは、和歌の中にあった「九十九髪」という言葉だけですが、いくらなんでも九十九歳ではないでしょう。「百歳に一年たらぬ九十九髪」とは、「百」の字から上の横棒一本を取ると「白」になることから来ている洒落《しゃれ》です。「九十九髪」とは白髪の意味ではありますが、九十九歳だったわけではもちろんありません。
それではいったい幾つ位だったのでしょうか。

九十九髪の女は何歳か？

『源氏物語』紅葉賀巻《もみじのがのまき》に、これに似た話があります。源典侍《げんのないしのすけ》という桐壺帝《きりつぼてい》に古くから仕える女官が、年甲斐《としがい》もなく濃い化粧をし、真っ赤な扇を持って光源氏を誘います。光源氏は、気の毒と思いながらも渋っていますと、その様子を見た光源氏の友人の頭中将《とうのちゅうじょう》は日頃から何かと光源氏にライバル心を抱いていましたから、「おお、こんな恋もあったのか」というので、いち早く関係を持ってしまいます。その後、光源氏もやむにやまれず、源典侍と一夜を共にしてしまいます。すると、こっそりと様子を見ていた頭中将が踏み込んでくる、というドタバタ喜劇です。間違いなく『伊勢物語』の九十九髪の女の話のパロディーですね。この源典侍は、五十七、八歳くらいと書いてあるので、だいたい老女の恋のイメージはそのくらいの年齢、と考えるのが常識的な解釈でしょう。それにしても、六十歳手前にもなろうという女性が、二十歳前後の当代きっての貴公子を二人とも相手にしてしまったというのですから、なかなかご立派な話ではありませんか。

しかしまたしても、ひねくれ者の私は疑問を感じるのです。今よりもずっと栄養状態の悪い、平安時代の六十歳前の老女が、先の六三段のように、元気に垣間見に行って、走って帰れるだろうか、と。

そこで、当時の人々が「老い」を意識し始めるのがいくつ位なのかと考えてみます。まず最初に長寿の祝いをするのは、「四十の賀」です。『源氏物語』を読んでいますと、光源氏の四十の賀が大々的に祝われていますが、その直後に彼は新しい、娘くらいに年の離れた妻を娶《めと》っています。男性の場合はそういう結婚もあったのでしょう。一方、光源氏が生涯恋した藤壺《ふじつぼ》は、三十七歳で亡くなっていますし、紫の上《むらさきのうえ》もその歳に大病をし、数年後に亡くなっています。もちろんいつの時代も美人薄命ですから、藤壺や紫の上は老いさらばえる前に美しく華やいだまま死なせようという物語の企みなのでしょう。とはいえ、当時の現実の女性にとっても、四十歳前後は人生の節目であったのではないでしょうか。現代人にとっては早すぎる老い、と思えるかもしれませんが。

さらにショッキングなことを考える研究者もいます。往年の民俗学の大家折口信夫《おりぐちしのぶ》氏は、女性が性生活を終える時期、「床離れ《とこはな》」を三十歳ごろとしています。さすがにそれは早すぎるとしても、『蜻蛉日記《かげろうにっき》』の筆者が夫の新しい邸《やしき》に招き入れられず、夫の足が遠のくのも、だいたい作者が三十代半ば頃で、四十歳ごろには夫は訪れなくなっていきます。光源氏が女三宮という若い妻と結婚して、紫の上の立場が脅《おびや》かされるようになるのも、紫の上が三十前後の頃、紫の上が大病をするのは三十七歳なのです。夫婦の実質的な関係は、だいたい三十代に入るとやや低調になり、四十歳前後にはそこそこの区切りを迎えた、と考えても不思議はないのです。

それからしますと、「九十九髪」の女は案外若かった、ということはないでしょうか。そう、ちょうど今でいうところのアラフォーか、それよりちょっと年上くらいだったと考えてはどうでしょうか。女の人生を終える前に、最後にひと花咲かせたい、それには飛び切りいい男がいい、というわけです。

息子たちも年上の子たちはもう三十歳近い、いい大人で、母親の馬鹿げた夢見《ゆめみ》の話なんかには耳も貸さない、けれども、まだ少年で、ちょっと大人になりかけたような一番下の子は、ちょうど高校生の皆さんをちょっとおませにした位の年頃ではないでしょうか。パパはもうママのことなどちっとも構わなくなって、他の女のところに行っちゃって帰ってこないけれども、でもママはまだきれいなのにかわいそう——、そんなぐらいの世代だと考えたって構わないと思うのです。アラフォーのお母さんが「九十九髪」、白髪だなんてあり得ない、うちのママはきれいな栗毛色《くりげいろ》なんだから、ですって？　それは、皆さんが学校に行っている間に、こっそり染めているからですよ。

こうした想像をかきたてるのは、たとえば紫の上のお祖母さんがあまり年寄りじみては描かれていないからです。第一章で紹介した、『源氏物語』若紫巻《わかむらさきのまき》、光源氏が北山で紫の上を垣間見る場面では、このお祖母さんを四十歳余と見ています。紫の上が十歳余り、母が十五歳の時の子、祖母も母を十五歳で産んだとすると、確かにそのぐらいですね。まさにアラフォーではありませんか。もう三十年位前に夫を亡くし、出家姿で病がちな様子ですが、案外若いのです。

「九十九髪」の女はやっぱり六十代の方がしみじみする、という方は、そのように読んでくださって一向に構いません。物語の読み方は一通りではありませんから。さまざまな解釈の可能性を、読者の皆さんがそれぞれに発見していけば、どんどん豊かな世界がそこに拡がってくるのです。

女の恋はいくつまで？

さて「九十九髪」の女はアラフォーだ、という新説（珍説？）はさておくとして、そもそも老女の恋というのは、どこかにモデルがあるのでしょうか。

思い出すのは、『古事記』に見られる引田部赤猪子《ひけたべのあかいこ》の話です。これは、雄略天皇が行幸したとき、たまたま見初《みそ》めたその土地の若い女に、迎えを寄越すから結婚しないようにと命じたまま、長年訪れることもなく忘れていた。ところが晩年になって、年老いた女が天皇に会いたいとやってきた。何かと思ったら、かつて約束した女がすっかり年をとって老いさらばえても、かつての約束を忘れず、ずっと待ち続けていた、という話です。ここでは、八十年待った、とありますから、再会した折には天皇も女も大変な高齢ということになりますね。これは年老いてから女が恋を始めたわけではなく、若い女が想いを抱いたまま老いてしまった、という悲劇ですが、老女の恋という発想の原型の一つかもしれません。

『万葉集』には「古《ふ》りにし嫗《おみな》にしてやかくばかり恋に沈まむ手童《たわらは》のごと」(巻二)という歌があります。年老いたおばあさんの私でも、これほどに、恋に落ちてしまうものなのか、まるで小娘のように、といった意味です。石川女郎《いしかわのいらつめ》が大伴宿奈麻呂《おおとものすくなまろ》に贈ったものとされるもので、石川女郎は謀反《むほん》の罪で処刑された大津皇子《おおつのみこ》に仕えたとされます。老婆になっても少女のように恋に落ちた戸惑いを詠んだものでしょうが、作中の「嫗」が果たして何歳位の時点をさしているのかは、よくわかりません。

そのほか、平安朝の物語には、継子《ままこ》の男の子に継母《ままはは》が懸想をする話、というのがあります。『うつほ物語』「忠《ただ》こそ」の物語がそれです。忠こそは、実の母に死なれた後も、父に可愛がられて大切にされているのですが、その父 橘 千蔭《たちばなのちかげ》が、亡くなった左大臣の未亡人である北の方の猛烈なアタックを受けて、とうとう通い始めます。その時の年齢は、千蔭が三十歳余、女は五十歳余で、ちょうど親子ぐらいだとあります。

千蔭は、若くして亡くなった忠こその母が恋しくて、この北の方には魅力は感じず、世間体をはばかって縁は切らないものの、めったに通ってきません。ところが北の方は、千蔭の寵愛を得ようと、食べ物、着る物、すべてに贅を凝らし、琴や琵琶などを演奏してはもてなして、挙句の果てにすっかり財産を失います。

そのうち、この北の方の邸に住む「あこ君」という少女のもとに、十三、四にまで成長した忠こそが通うようになっているのを北の方はうらやましく思います。自分が忠こそに懸想《けそう》心を仄《ほの》めかして相手にされないとなると、悪知恵を働かせて忠こそを陥れるように画策し、ついに千蔭の信頼を失った忠こそは、出家してしまう、というお話です。最後の頃にはこの女性は六十歳位になっているのではないかと考えますと、この話は『伊勢物語』九十九髪の女の話のパロディでもあるのでしょうか。それにしてもこの飽くなき異性への執着心を見せ付けられますと、さすがにこうはなりたくないなあ、とつくづく思ってしまいます。

物語が成立した順序から言えば、『伊勢物語』九十九髪の女、『うつほ物語』忠こその話、『源氏物語』源典侍の話、という順になるのではないでしょうか。忠こその話はやや残酷な筆致で老女の執着心を、源典侍の話はもう少しコミカルに描いています。それらに比べると、原型ともいえる九十九髪の女は、ちょっとまだ夢見がちな女のような心が感じられて、格段に微笑ましく感じられます。

男の老いらくの恋

ご参考までに、男の老人の恋の話を少々。

光源氏も四十歳を過ぎてから娘のように若い、十代前半の女三宮《おんなさんのみや》と結婚しています。親子ほど年の離れた夫、ということでいえば、空蝉《うつせみ》と伊予介《いよのすけ》の場合もそうです。何より、紫式部と夫の藤原宣孝《ふじわらののぶたか》との関係も、二十歳ほどの年の差があったようです。男性が年配になってから、再婚その他の事情で若い女性と新たな結婚をするのは、ごく普通の事のようでした。

とはいえ老女の恋ばかりが笑いの種だったわけではありません。ここで紹介してみたいのは、『落窪物語《おちくぼものがたり》』に登場する典薬助《てんやくのすけ》です。

この物語の姫君は、継母《ままはは》に苛《いじ》められて、落窪に住んでいました。姫君のもとには侍女のあこぎとその恋人の帯刀《たちはき》の導きで、密かに少将が通っています。それを知った継母はたいそう立腹し、姫君を酢や酒や魚を置いている物置のような部屋に閉じ込め、そこに典薬助を忍び込ませます。典薬助とは、継母の叔父にあたる、貧しい六十歳くらいの医師です。部屋に忍び込んできた典薬助から、姫君はどうにか難を逃れて、身を守ります。翌晩も訪ねてきた典薬助は、戸がなかなか開かないまま寒さの余りにお腹を壊して粗相をしてしまう……、このあたりは、平安朝の物語が優美でみやびな世界だと思っている読者の皆さんが、びっくりするくらい下品な話です。

とはいえ、姫君にはふさわしくないお爺さんが、求婚して失敗をする話が成り立つのは、男性にとっての結婚にふさわしい年齢が、女性のそれよりも幅広かったからかもしれません。

川端康成《かわばたやすなり》には『眠れる美女』とか、『山の音』といった、老いた男性の恋を描いた小説があります。老人の恋や性欲、といったテーマに関しては、やはり男性のそれを取り上げる場合の方が多く、またそれを描く視線もいくらか好意的になり得るのでしょうが、女性の老いらくの恋を美しく描くのは、なかなか難しいのでしょうね。

これらを考え合わせると、九十九髪の女、『伊勢物語』六三段は、笑いを誘うものの、決して女を醜く描いてはいないという意味で、老女の恋の文学としては貴重な存在です。

女もまだ元気ですし、いくらか夢のある語り口になっています。そんな印象から、女は実はさほど年配ではなく、アラフォーか、そのちょっと上あたりではないか、といった想定をしてみたのですが、いかがでしょうか。いえ、もっと年配の、六十過ぎのお婆さんだというのならば、本当はそちらの方が、もっともっと夢のある話ですね。

そういえば、老人ホームでも恋の話題は尽きないのだとか。私の父は七十代の頃、「俺はこんな顔だから若い頃はちっともモテなかったが、今頃になってモテモテなんだ」といって、毎朝うきうき近所の公園にラジオ体操に行っていました。元気な男性は少なくなる一方、女性の方が長寿で、ご主人を亡くした後もお元気な奥様方が多かったのだとか。どうやらこの道には、年齢制限はないようで。

おわりに

いかがでしたか。興味の持てるお話に出会えましたか？

機会があったら、ここに紹介したものの中で面白そうだなと思ったお話を、古文の本で、現代語訳と照らし合わせながらでいいので、読んでみてください。何度も黙読してなじんできたら、今度は声に出して音読してみてください。音読は、言葉がどこで区切れているかがわからなければできませんから、音読できれば、そこそこ意味はわかっているはずです。ここまで来ると、古文がとても楽しくなります。巻末の読書案内などを手がかりに、さらに古典文学に理解を深めていただけたらこの上なく嬉しく思います。

何のために文学に触れるのか、何のために古典文学を学ぶのか——。

確かに英語を学び会話ができるようになれば、簿記を学んで会計を理解できるようになれば、仕事に直接的に役立つシーンもあるでしょう。とかく就職難が取沙汰される中で、仕事に直結する技能を重んじる、いわゆる実学重視の志向は、今後も変わらないかもしれません。そうした中で、文学など役に立たない、ましてや古典文学など現代には迂遠《うえん》である、といった気持ちにとらわれることも当然あるでしょう。

しかし、私たちの人生は、人もうらやむ仕事に就けて経済的に恵まれれば、それで幸せだというほどには、単純ではありません。恵まれた人には恵まれたなりの空虚が、また、貧しく苦しい中にもささやかな幸福があって、どうにも一筋縄にはいかないものです。そういう、生きているからには逃れがたく付きまとう、不条理な悩みに向き合う力は、私たちが経験を積み重ねることによって鍛えていくほかはありません。その経験とは、自らが直接に苦難と向き合い、克服することによって身につくのでしょうが、時にはフィクションの世界でそれを擬似的に経験することによっても、いくらか補えるものなのです。そしてフィクションを通した擬似的な体験によって、現実世界での大きな失敗や不幸の体験を回避することもできるのです。

しばしフィクションに生きることで、社会に対する理解や、人間に対する洞察力を鍛えてみましょう。そのためには、漫画でも映画でも構いません。どうぞふんだんに読んだり見たりして、皆さんの経験を豊かにしてください。

おそらく漫画や映画に比べれば、文学に向き合うのには、少し努力が要ります。言葉を読み解くのに、少し根気が要るからです。しかし、ひとたび何かが読み解けるようになると、それはじっくりと向き合える、付き合いがいのある世界です。表面上の文意の背後にある事情を忖度する面白さに気付き始めると、同じ文章が多様な姿に見えて来始めます。そうした経験を重ねながら、書物やメディアの言葉が、友達や恋人の言葉が、必ずしも物事の真実や人の内面を字義通り示しているわけではないことが、わかるようにもなるのです。

すぐれた古典文学は、長い歳月を生き延びてきただけに、高度に多義的であり、存分に読み応《ごた》えがあるものです。「昔男」の気持ちや、紫《むらさき》の上《うえ》の暮らしをあれこれ想像してみてください。そこに正解はありませんし、どんなことを想像しても、誰も傷ついたりしません。まずはあれこれ推測を重ねて、遊んでみてください。そうやって眼に見えない形で鍛えられた世の中や人の心理への洞察力は、英会話や簿記よりはるか以前の、皆さんが明日を生きるための根源的な力となることでしょう。

二年前の春、とあるパーティで巡り合った和服姿の素敵な女性、それが松永晃子さんでした。姫君を垣間見た男のように、ポーっとしてしまった私。帰ってから、もちろん速攻で恋文？ を書いたのが馴れ初めで、この本は誕生しました。原稿取りから挿画の選定まで、この辣腕ぶりからすれば、いずれ筑摩書房を背負って立つこと間違いなし！ 松永さんとは、奇遇にも高校が同窓です。もう一人、たいへんお世話になったのは、巻末年表の村上桃子さんです。その手際のよいことといったら！ 全部読んでもらって、まるで卒論の添削さながらの鋭い意見ももらいました。『古事記』の若手研究者です。村上さんは、私の遠い昔の教え子ですが、藍より出でて藍より青し、いずれ学界で大活躍することでしょう。まことに有能な二人の若い女性に支えられた幸運に感謝します。

読者の皆さん、最後まで読んでくださって、どうも有り難うございました。

二〇一一年八月

高木和子

古典文学史略年表

時代	世紀	作品	内容
奈良	8C前半	古事記（七一二）	天武天皇が天皇家の系譜や神話伝説を定めるため、稗田阿礼《ひえだのあれ》に読み習わせ、太安万侶《おおのやすまろ》が編纂《へんさん》した神話・歴史書。
		日本書紀（七二〇）	舎人親王《とねりしんのう》が編纂した最初の六国史《りっこくし》。神代から持統《じとう》天皇までの歴史を漢文体で記す。年代順に記す編年体《へんねんたい》による。
	8C後半	万葉集	大伴家持《おおとものやかもち》が編纂に関わったとされる歌集。雑歌《ぞうか》、相聞《そうもん》、挽《ばん》歌《か》の三大部立《ぶだて》から成り、長歌、短歌、旋頭歌《せどうか》などを含む。枕詞や序詞の技法が多い。代表的歌人に柿本人麻呂《かきのもとのひとまろ》がいる。
平安	9C前半	日本霊異記《にほんりょういき》	僧景戒《きょうかい》が編纂した仏教説話集。因果応報《いんがおうほう》の話を中心とする。
	10C前半	竹取物語	作者不明。月の国から来た姫に男たちが求婚する物語。『源氏物語』では「物語の出来はじめの祖《おや》」とされる現存最古の物語。

	古今和歌集（九〇五）	醍醐《だいご》天皇の命令による最初の勅撰和歌集《ちょくせんわかしゅう》。撰者は紀貫之《きのつらゆき》、紀友則《とものり》、凡河内躬恒《おおしこうちのみつね》、壬生忠岑《みぶのただみね》。掛詞や縁語の技法が多い。撰者の他、代表的歌人に僧正遍昭《そうじょうへんじょう》、小野小町《おののこまち》がいる。
	土佐日記（九三五）	紀貫之による旅日記。土佐守《とさのかみ》の任を終え京に到るまでの旅の様子を、自らを女性に仮託《かたく》し、かなを用いて記した。
	伊勢物語	作者不明。歌物語といわれる、歌が中心の短編物語集。在原《ありわら》業平《のなりひら》を思わせる男を主人公とした、「昔男ありけり」という書き出しの形式を持つ。恋愛、親子愛、友情などの物語。
10C後半	大和《やまと》物語	作者不明。歌語りといわれる和歌に関する説話や、古い伝説をもとにした歌物語。
	平中《へいちゅう》物語	作者不明。平中と呼ばれる平貞文《さだふん》の恋愛を語る歌物語。
	蜻蛉《かげろう》日記	藤原道綱母《みちつなのはは》による日記。夫の兼家《かねいえ》との結婚生活における苦悩を二十一年間にわたり綴る。
	宇津保《うつほ》物語	源順《みなもとのしたごう》が作者か。琴の話と求婚の話から成る長編物語。

11C前半	落窪《おちくぼ》物語	作者不明。落窪の君に対する継子《ままこ》いじめの物語。
	枕草子《まくらのそうし》	清少納言《せいしょうなごん》による随筆。「花は」「ありがたきもの」などの物尽くしの類聚《るいじゅう》章段、一条天皇の中宮定子に仕える中での日常を書く日記的章段、その他の形式を含む随想章段からなる。
	和泉式部《いずみしきぶ》日記	和泉式部の日記。『和泉式部物語』とも呼ばれる。敦道《あつみち》親王との恋愛のいきさつを歌を交えて物語的に記す。
	源氏物語	紫式部による長編物語。光源氏と女性とのかかわりを通して政治的栄華と憂愁を描く。平安時代の物語の代表的存在であり、以後の作品に大きな影響を与えた。
	紫式部《むらさきしきぶ》日記	紫式部による日記。一条天皇の中宮彰子の出産を中心に、道長家の繁栄を記す。同時代の清少納言、赤染衛門《あかぞめえもん》、和泉式部に対する批評があり、自己の内面についてもふり返る。
11C後半	堤中納言《つつみちゅうなごん》物語	作者不明。「虫愛《め》づる姫君」などの十篇から成る短篇物語集。
	更級《さらしな》日記	菅原孝標女《すがわらのたかすえのむすめ》による日記。東国育ちの物語好きな少女が上

			京し、現実との違いに絶望するまでの四十年間を綴る。
		大鏡《おおかがみ》	作者不明。藤原道長の栄華を描く歴史物語。人物ごとに記す紀伝体《きでんたい》による。以後『今鏡』『水鏡』『増鏡』が作られた。
	12C前半	今昔《こんじゃく》物語集	編者不明。インド、中国、日本の三つの国にわたる千余の説話を集めた仏教、世俗説話集。
鎌倉	13C前半	新古今和歌集（一二〇五）	後鳥羽《ごとば》院の命令による勅撰和歌集。撰者は藤原定家《さだいえ》《ていか》ら。体言止め、本歌取りの技法が多い。撰者の他、代表的歌人に西行、慈円《じえん》、寂蓮《じゃくれん》、式子内親王、藤原俊成《としなり》《しゅんぜい》がいる。

＊成立時期、順序は大まかな目安である。（村上桃子作成）

〔読書案内〕

◎本書で特に参考にした研究書

雨海博洋「河内の国高安と大和の国葛城」(『伊勢物語――諸相と新見――』風間書房、一九九五年)
梅村恵子「摂関家の正妻」(『日本古代の政治と文化』吉川弘文館、一九八七年)
工藤重矩『平安朝の結婚制度と文学』(風間書房、一九九四年)
高橋亨『源氏物語の対位法』(東京大学出版会、一九八二年)
高橋秀樹「寝殿造の中の日常」(『古代・王朝人の暮らし』つくばね舎、一九九八年)
藤井貞和「落窪物語――継母哀しき――」(『國文學』一九八六年十一月)
藤井貞和『物語の結婚』(創樹社、一九八五年)
藤本勝義『源氏物語の〈物の怪〉 文学と記録の狭間』(笠間書院、一九九四年)
藤本宗利『枕草子研究』(風間書房、二〇〇二年)
保立道久「貞観津波と大地動乱の九世紀」(『季刊東北学』第二十八号、二〇一一年七月)

益田勝実『益田勝実の仕事2　火山列島の思想』（ちくま学芸文庫、二〇〇六年）
増田繁夫『平安貴族の結婚・愛情・性愛　多妻制社会の男と女』（青簡舎、二〇〇九年）
吉海直人『源氏物語の乳母学　乳母のいる風景を読む』（世界思想社、二〇〇八年）
高木和子『女から詠む歌　源氏物語の贈答歌』（青簡舎、二〇〇八年）

◎もっと知りたい人のための入門書

秋山虔『源氏物語』（岩波新書、一九六八年）
朧谷寿『藤原氏千年』（講談社現代新書、一九九六年）
島内景二『源氏物語と伊勢物語　王朝文学の恋愛関係』（PHP新書、一九九七年）
鈴木日出男『源氏物語歳時記』（ちくま学芸文庫、一九九五年）
鈴木日出男『古代和歌の世界』（ちくま新書、一九九九年）
高田祐彦・土方洋一『仲間と読む　源氏物語ゼミナール』（青簡舎、二〇〇八年）
立石和弘『男が女を盗む話　紫の上は「幸せ」だったのか』（中公新書、二〇〇八年）
角田文衞『平安の春』（講談社学術文庫、一九九九年）

土方洋一『物語のレッスン　読むための準備体操』（青簡舎、二〇一〇年）
日向一雅『源氏物語の世界』（岩波新書、二〇〇四年）
藤井貞和『古典の読み方』（講談社学術文庫、一九九八年）
保立道久『平安王朝』（岩波新書、一九九六年）
保立道久『平安時代』（岩波ジュニア新書、一九九九年）
三谷邦明『入門　源氏物語』（ちくま学芸文庫、一九九七年）
三田村雅子『源氏物語　物語空間を読む』（ちくま新書、一九九七年）
渡部泰明『和歌とは何か』（岩波新書、二〇〇九年）
高木和子『男読み　源氏物語』（朝日新書、二〇〇八年）

◎古文と現代語訳や解説が読めるシリーズ
新編日本古典文学全集（小学館）（本書は主にこれに依りました）
新潮日本古典集成（新潮社）
角川ソフィア文庫、角川ソフィア文庫ビギナーズ・クラシックス（角川書店）

ちくまプリマー新書168
平安文学《へいあんぶんがく》でわかる恋《こい》の法則《ほうそく》

二〇一一年十月十日　初版第一刷発行
二〇二一年一月二五日　初版第二刷発行

著者　高木和子（たかぎ・かずこ）

装幀　クラフト・エヴィング商會
発行者　喜入冬子
発行所　株式会社筑摩書房
東京都台東区蔵前二‐五‐三　〒一一一‐八七五五
電話番号　〇三‐五六八七‐二六〇一（代表）

印刷・製本　中央精版印刷株式会社

ISBN978-4-480-68870-5 C0291 Printed in Japan